Anne Bentkamp

Herrn Johannson
geschieht Merkwürdiges

Anne Bentkamp

Herrn Johannson geschieht Merkwürdiges

projektverlag.

ISBN 978-3-89733-321-5
© projekt verlag, Bochum/Freiburg 2014
www.projektverlag.de

Cover Design: punkt KOMMA Strich, Freiburg
www.punkt-komma-strich.de

© Fotos: Jürgen Gocke; Julia Remezova – Fotolia.com;
sad dogg design – Fotolia.com

Prolog   01. März 2012

»Ich habe keinen Hirntumor.«

Herr Johannson hatte den Satz laut vor sich hin gesagt, obwohl er allein auf seinem Bett lag. Er hörte, dass es falsch war.

Ein zweiter Neurologe hatte ihn untersucht. Kein Befund.

»Wie Ihnen mein Kollege sicher auch erläutert hat ..., das MRT ist völlig unauffällig ..., vielleicht wäre es sinnvoll, einen Psychotherapeuten aufzusuchen ...«

Er wusste es. Ganz deutlich spürte er, wie sich der Tumor langsam vorarbeitete, wie er eine Verbindung nach der anderen kappte. Er wusste es, weil es sich in seinem Kopf abspielte.

Bald würde alles ausgelöscht sein.

Sollte man daran denken, ein vorzeitiges Ende zu machen, bevor die Schmerzen kamen und die Hilflosigkeit?

Herr Johannson hatte bisher selten darüber nachgedacht, wie es sein könnte, selbst Hand an sich zu legen. Wenn überhaupt, dann müsste es eine sichere Sache sein, nicht auch noch gerettet werden! Annettes Gesicht mit diesem Gemisch aus Vorwurf, Erschrecken und Mitleid, das könnte er nicht ertragen.

Erhängen. Herr Johannson glaubte nicht, dass sich irgendwo im Haus ein geeignetes Seil befand. Er sah sich außerstande, ein Seil zu kaufen. Das letzte Mal hatte er das Haus, das Schlafzimmer verlassen, um zu dieser Untersuchung in die Uniklinik zu fahren. Mit dem Taxi. Es hatte ihn erschöpft.

Erhängen. Sein Blick fiel auf den Bademantelgürtel. Der Bademantel lag in greifbarer Nähe über dem Stuhl. Wo könnte man ihn befestigen? Am Treppengeländer? An der Türklinke?

Das Gesicht eines erhängten Mannes drängte sich auf: die Haut lila aufgedunsen, die Augen quellen hervor, der Blick seltsam erstaunt, die Zunge hängt geschwollen heraus, das Gebiss ist verschoben.

Dabei hatte er in Wirklichkeit noch nie einen Erhängten gesehen. Frau Schmidt würde ihn finden. Er fand es unappetitlich, nicht passend.

Unangenehm brutal. Und es verlangte Kräfte, die Herr Johannson nicht hatte. Es schien ihm keine gute Lösung. Womöglich würde der Tumor ja auch weiterhin sanft zu ihm sein. Man konnte noch abwarten.

Santa Claus   06. Dezember 2010

Auf der Terrasse lief ein lebensgroßes Rentier mit einer roten Nase direkt auf die Fensterscheibe des Salons zu. Es trug Glöckchen im Geweih und eine rot-weiß bestickte Decke über dem Rücken. Dahinter im Schlitten reckte Santa Claus mit weißem Rauschebart beide Arme winkend in den glitzernden Nieselregen. Über dem Garten war der Himmel schwarz.

Das Motto von Annettes zweiundfünfzigstem Geburtstag hieß ›American Christmas‹. Die Catering-Firma hatte ein ›American Buffet‹ geliefert mit Shrimps und Langusten, Hot Chicken Wings, Lammbraten und baked Potatoes, Bacon Pie Meat Balls und stuffed Mushrooms, Apple Pie, Orangen-Schichtpudding und Cookies aller Geschmacksrichtungen und vor allem mit Stars-and-Stripes-Fähnchen sowie blau-weiß-roten Weihnachtsgirlanden. Als Aperitif wurde Christmas Blizzard ausgeschenkt, aus Cranberry Juice, Zitronensaft, Ahornsirup und Whiskey. Die Angestellten vom Catering-Service waren weihnachtsbaumgrün gekleidet mit langen roten Schürzen. Mariah Careys ›Oh Santa!‹ tönte aufdringlich laut aus den Boxen.

Die Flügeltür zur Bibliothek stand weit offen. Annettes Vater Arnold Winkler hatte den Raum immer Bibliothek genannt, obwohl der Bücherbestand der Familie für die Größe des Raumes eher bescheiden war. Dadurch blieb bei festlichen Anlässen wie heute genügend Platz für Stehtische und Small Talk.

Die neuen Bilder, die Annette während des letzten Jahres gemalt hatte, hingen verteilt an den Wänden des gesamten Erdgeschosses, raffiniert ausgeleuchtet durch ein LED-Lichtsystem. Man hatte den Eindruck, als seien die Gemälde helle Schaufenster, vor denen man auf einer weihnachtlich geschmückten Gasse flanierte. Zwei hatte Annette auf Staffeleien als Blickfang in der Mitte des Salons aufgestellt, darunter das Bild, das den gleichen Namen trug wie die ganze Serie: ›Frauen in Wut‹.

Thea Maschmann war gekommen, die Galeristin, von der Annette hoffte, dass sie sich nicht nur rein künstlerisch, sondern auch geschäftlich für ihre neoexpressionistische Phase interessieren würde. Thea Maschmann trug einen bodenlangen Kaftan aus Goldbrokatstoff, der ihre Leibesfülle mehr betonte als kaschierte. Neben den ›Frauen in Wut‹ direkt im Scheinwerferlicht hielt sie eine kleine Rede, die improvisiert klingen sollte, da es sich hier ja nicht um eine echte Vernissage handelte. Sie brach in Begeisterungsstürme aus über die Ausdruckskraft und Emotionalität der Farben, die Gefühlspräsenz und die machtvolle Weiblichkeit. In den Bildern stecke so viel Zorn, eine Ahnung von George Grosz und ein Schuss Pop-Art, alles jedoch völlig neu in Farbgebung und Konzeption. Die Gesichter mit einem endgültigen Schrei, sie wirkten wie ein Schlusspunkt, ein »So, basta!« der Künstlerin. Während Frau Maschmann sprach, griff sie mit ihrer fleischigen kleinen Hand immer wieder in die Luft, dass die Armreifen klimperten, als könnte sie mit dieser Geste den Ausdruck der Bilder real werden lassen.

Annette durfte sich Hoffnungen machen, dass ihre Werke auch in diesem Jahr wieder gute Preise erzielten.

Die Gäste klatschten dezent Beifall und erhoben ihre Gläser, als Frau Maschmann das Geburtstagskind hochleben ließ.

Herr Johannson, der Hausherr, blieb im Hintergrund, schaute in die Runde, und konnte sich nicht entscheiden, ob er zufrieden oder sogar stolz sein sollte – oder doch eher belustigt und gelangweilt.

Wie in jedem Jahr hatte sich auf Einladung seiner Frau eine bunte Mischung der Hamburger Gesellschaft eingefunden. Sogar Stararchitekt Zenker gab sich die Ehre, nachdem er gerade den Zuschlag für ein weiteres Projekt in der Hafencity erhalten hatte. Sein preisgekrönter Entwurf für ein barrierefreies, behindertengerechtes Stadthaushotel an der Shanghai-Allee sollte das größte Hotel dieser Art in Europa werden. Die Rollstuhlrampen im überdachten Innenhof waren als deutlich hervortretender architektonischer Blickfang konzipiert. Für Herrn Johannsons Geschmack gab es zu viel Geschwungenes, zu viel Wolkiges in den neuen architektonischen Trends, aber was bedeutete das schon, Trends kamen und gingen, das Geschäft mit Immobilien blieb.

»Ich bin ein großer Bewunderer Ihrer Frau, Herr Johannson, ... also natürlich ihrer Kunst! Die Bilder sind immer wieder so überraschend anders. Annette Johannson hat keine Angst davor, Gefühle zu zeigen, sie schert sich nicht um Moden und kreiert damit den neuen Stil!«

»Das sollten Sie meiner Frau sagen, Herr Zenker! Sie würde sich freuen!«

»Habe ich schon längst, Herr Johannson, schon längst! Das großformatige Bild dort drüben in der Bibliothek – ›Abschied im Zorn‹ – ist für mich reserviert, das kriegt die Maschmann gar nicht erst in die Finger. Die Bilder Ihrer Frau sind eine gute Kapitalanlage, besser als Immobilien, davon bin ich fest überzeugt!«

Beide lachten wissend.

Herr Johannson wanderte mit seinem Sektglas weiter und gesellte sich zu Senator Brook. Dieser hatte sich lässig an den Kamin gelehnt, aus dem heute sorgfältig drapiert an die hundert Geschenkpäckchen herauspurzelten, alle in das gleiche silberne Glanzpapier gewickelt.

Die Tage des alten Senats waren gezählt, für Februar standen Neuwahlen an, die die CDU wohl kaum unbeschadet überstehen würde. Doch der Senator ließ sich nichts anmerken, tat begeistert und überaus engagiert und überschüttete Herrn Johannson mit längst bekannten Fakten über die Fortschritte in der Hafencity.

»Wissen Sie eigentlich, dass die meisten Bauabschnitte schneller vorankommen als geplant? Na schön, außer der Elbphilharmonie natürlich. Was sich da an Mehrkosten auftürmt, werden wir langfristig aus der eigentlichen Hafencity wieder herausholen. Das größte städtebauliche Projekt Europas, fünftausendachthundert Wohnungen für zwölftausend Menschen, mit bester Infrastruktur, Lebensraum im einundzwanzigsten Jahrhundert! Die Mischung macht's, Wohnraum, Kultur, Freizeit, Einzelhandel und Gastronomie. Kein Vergleich mit den Londoner Docklands, die sind ja viel zu weit außerhalb. Citynah, das ist das Entscheidende! Die Impulswirkung auf andere Metropolen weltweit ist gar nicht abzusehen. Was glauben Sie, wie viele ausländische Delegationen wir da pro Jahr durchlotsen? Am stärksten interessiert sind natürlich die Chinesen ...«

Herr Johannson hob sein Glas und deutete ein Zuprosten an, um sich dann anderen Gästen zuzuwenden. Aber Senator Brook hielt ihn an der Schulter zurück und fragte mit einem komplizenhaften Lächeln:

»Und, haben Sie sich denn auch schon selbst etwas Eigentum zugelegt, Johannson – ein bisschen mitspekuliert? Sie sitzen doch direkt an der Quelle! Eine Goldgrube, das Ganze, ha, ha, Zitat von meinem eigenen Oberbaudirektor! Da muss man sehen, dass man selbst ein Stück vom Kuchen abbekommt! Haben Sie eigentlich Aufträge für das Elbtorquartier am Marburger Hafen bekommen? Na, kann ja gar nicht anders sein, das Nidusloft vielleicht? Luxusimmobilien von ›Johannson und Winkler‹, wer würde schon in Hamburg jemand anderem vertrauen?«

»Zuviel der Ehre ...« hätte jetzt kommen müssen, aber Herr Johannson schwieg. Über die Schulter des Senators hinweg sah er seine Frau Annette vor einem ihrer neuesten Werke stehen, wütende Gesichter in schrillen Farben, die das Auge anstrengten und sich nicht in die anders bunte amerikanische Weihnachtswelt einfügen wollten.

Sie hatte das Collier angelegt. Obwohl er am Morgen bemerkt hatte, dass es ihr nicht gefiel. Nur teuer, nicht extravagant genug. Es passte nicht zu den eigenwilligen Ringen, die sie an den Mittelfingern beider Hände trug, Ringe mit asymmetrischen, bunten Steinen, die ihrer Gestik Durchsetzungsfähigkeit verleihen sollten.

Wie immer, wenn sie ihre Kunst präsentierte, war sie in Schwarz gekleidet, das machte sie blass und sie erschien noch schmaler als sonst. Aber das Collier kam gut zur Geltung. Es glitzerte um die Wette mit ihrer wallenden Haarmähne, die einst von einem matten Blond gewesen war und die sie jetzt glänzend silbern färbte.

Ihre Freundin Bella hatte den Dackel auf dem Arm und strich mit der freien Hand über das Collier in Annettes Ausschnitt. Herr Johannson wusste, dass sie gerade sagte: »... alles echte Brillis?«, obgleich er sie bei dem Geräuschpegel, der im Salon herrschte, nicht hören konnte. Bella hätte das Collier gefallen. Sie trug gern ihren Schmuck zur Schau. Heute hatte sie ihre Rubinsammlung angelegt, zu einem strahlend weißen Hosenanzug. Sie und ihr Dackel erschienen immer im Partnerlook, der Hund trug heute ein weißes Mäntelchen und ein goldenes Halsband mit Rubinen. Ob alles echt war, konnte Herr Johannson nicht beurteilen, aber es machte was her. Im Vergleich zu Bella sah Annette alt aus, älter als zweiundfünfzig Jahre. Herr Johannson überlegte, woran das liegen könnte. Das schwarze Kleid, das rote Lipgloss, die silbrig glänzenden Haare – zu harte Kontraste, die ihre Falten hinter der runden Brille mit dem Silberrand erst richtig zur Geltung brachten. Selbst wenn sie lachte, den Kopf nach hinten legte, das gleiche Lachen wie vor fünfunddreißig Jahren und doch nicht das gleiche.

Hell und schadenfroh war es gewesen, das Lachen damals auf Lanzarote. Ein lachender und trotzender Teenager, eifersüchtig die Gunst ihres Vaters bewachend, die doch bisher nur ihr gegolten hatte und die sie bedroht sah vom ersten Tag an durch den jungen Mann, von dem ihr Vater offensichtlich so große Stücke hielt.

Sie lachte ihn aus, wenn er auf den Klippen unterhalb des Hauses ausrutschte, sie lachte über seine Badehose, sie lachte, wenn er Gin Fizz nicht von Wodka Lemon unterscheiden konnte. Sie machte sich lustig und lachte hell. Aber er war nicht gekränkt, denn sie war nur ein Teenager, viel zu jung, verwöhnt und reich, er konnte sie nicht für voll nehmen. Er lachte einfach mit und manchmal gelang es ihm sogar, sie ein bisschen für sich einzunehmen damals in diesem Sommer auf den Klippen.

Gab es »Liebe auf den ersten Blick« unter Männern? In einer Art Vater-Sohn-Beziehung? Wenn ja, dann war es so gewesen bei dem ersten Zusammentreffen zwischen Arnold Winkler, dem reichen Immobilienmakler, und Michael Johannson, dem jungen Mann, der gerade sein BWL-Staatsexamen in der Tasche hatte.

Eine Reise auf die Kanarischen Inseln hatte seine Mutter ihm zum Examen geschenkt, was 1974 wirklich noch als etwas Besonderes anzusehen war. Auch wenn es ihn peinlich berührte, dass Charlotte ausgerechnet in dem Moment mit ihm in Urlaub fahren wollte, in dem er nun endlich auf eigenen Füßen stand, so tat er ihr den Gefallen doch. Er ahnte, dass dieses Diplom auch für seine Mutter die Erfüllung eines Lebenstraumes darstellte. Lanzarote also. Das gebuchte Hotel war neu eröffnet, direkt am Strand von Costa Teguise. Der Ferienort war erst vor wenigen Jahren aus dem Boden gestampft worden, selbst die Strände waren künstlich angelegt. Überall im Ort gab es Baustellen und der kleine Marktplatz mit Bauten im Kolonialstil hatte das Ambiente einer Filmkulisse. Doch er und Charlotte genossen das luxuriöse Hotel, den Strand und die Brandung des Atlantiks, die Sonne und das fremdartige Essen. Auf einem ihrer Streifzüge durch den kleinen Ort überredete Michael seine Mutter, sich einen weißen Strohhut mit einer breiten Krempe zu leisten. Sie lachte sich selbst mit strahlenden Augen im Spiegel an: »Den werde ich in Lübeck niemals aufsetzen!«, und kaufte ihn doch.

Vielleicht trug die breite Krempe dazu bei, dass sie das Auto nicht bemerkte.

Michael hatte gerade an einem Stand zwei Eis bestellt, als er das durchdringende Quietschen der Reifen hörte. Er fuhr herum. Seine Mutter stand auf der Straße und stützte sich auf der Motorhaube eines weißen Mercedes ab, der Strohhut rollte davon. Ein Mann um die fünfzig, sehr groß, stattlich, mit grauem Haarkranz und Sonnenbrille, riss die Fahrertür auf: »Um Himmels willen, Señora, haben Sie sich verletzt?«

Michael war schon bei ihr: »Mutter, was ist ...?«

Er versuchte sie zu stützen. Charlotte befreite sich und sah von einem zum anderen: »Mir ist nichts passiert, nur, Michael, mein Hut, schau doch bitte!«

Michael ließ sie zögernd los und spurtete dem Hut nach. Es hatte sich ein Menschenauflauf und ein kleiner Verkehrsstau gebildet, was den Mercedesbesitzer aber nicht zu kümmern schien.

»Sie sind Deutsche, gnädige Frau, bitte entschuldigen Sie vielmals, ich war wohl zu schnell, aber Sie sind so unerwartet auf die Straße gegangen! Ist Ihnen wirklich nichts geschehen? Verzeihen Sie, mein Name ist Arnold Winkler aus Hamburg.«

Er reichte ihr die Hand.

»Charlotte Johannson«, erwiderte sie, »und das ist mein Sohn Michael.«

Michael hatte den Hut gerettet. Man begrüßte sich.

Winkler legte sein Gesicht in Falten und lächelte:

»Es lag nicht in meiner Absicht, Sie beide so zu erschrecken! Ich bin heilfroh, dass nichts passiert ist; bitte erlauben Sie mir, Sie für heute Abend zum Essen einzuladen!«

»Aber das ist doch nicht nötig ...«, wollte Charlotte ansetzen.

Doch plötzlich hatte Winkler es eilig: »Ich muss wohl endlich den Wagen hier wegfahren, bitte machen Sie mir die Freude ...«, er hatte die Wagentür schon geöffnet,

»Sie wohnen sicher im Meliá? Ich hole Sie ab! Wir fahren nach Arrecife! Tun Sie mir den Gefallen, bitte! Ich bestelle einen Tisch im Castillo de San José, ich bringe meine Tochter mit, heute Abend um zwanzig Uhr, einverstanden?«

Er deutete auf die hupenden Spanier hinter ihm. Charlotte zuckte mit den Schultern und nickte halb. Schon war er eingestiegen und ließ den Motor aufheulen.

»Ich freue mich!«, rief er durch das offene Wagenfenster und brauste davon.

So war das damals, als er Arnold Winkler kennengelernt hatte, den erfolgreichen Immobilienmakler, und seine Tochter Annette ...

Senator Brook hatte sich abgewandt und war auf dem Weg zum Büffet, wahrscheinlich hatte Herr Johannson es an Aufmerksamkeit fehlen lassen und nicht mehr im richtigen Moment genickt, »Hmm« oder »Ja, genau« gesagt. Er folgte dem Senator in Richtung Lammbraten, um seine Zerstreutheit möglichst wieder wettzumachen. Der Senator schien nicht verstimmt, sondern fragte ihn mit vollem Mund nach Börnsen:

»Guter Mann, Ihr Börnsen, ... heute Abend gar nicht hier?«

Herr Johannson war etwas verwirrt: »Sie kennen Börnsen, meinen Mitarbeiter Alexander Börnsen?«

»Na, was heißt kennen, hab ihn neulich mal kennengelernt, ...Hafen-City, ... guter Mann, wirklich, der hat Sinn fürs Geschäft!«

Das Gespräch wurde durch das Klingeln der Haustür unterbrochen. Frau Schmidt, die Haushälterin, öffnete die Tür und von draußen schallte ein lautes »Ho, ho, ho!« durchs Haus.

Der Weihnachtsmann war von massiger Statur, er zog den Kopf ein, als er durch die Tür trat. Er schüttelte ein paar Regentropfen von seinem roten Mantel, trat in den Salon mitten unter die Gäste, stellte einen großen braunen, prall gefüllten Sack vor sich ab und rief mit sonorem Bass:

»Santa Claus is coming to Poppenbüttel and looking for the naughtiest boys around here and the lovliest girls as well, ho, ho, ho! Merry Christmas, eine schöne Weihnachtszeit euch allen!«

Der amerikanische Akzent bei den deutschen Wörtern war eindeutig imitiert.

Aus den Boxen erklang: »We wish you a merry Christmas ...«

Besonders die weiblichen Gäste umringten Santa Claus, kaum dass er den Salon betreten hatte. Jeder durfte – »Aber ohne hinzuschauen!« – in den Sack greifen und sich ein Geschenk herausholen. Die Damen kicherten wie kleine Mädchen, auch die Herren taten zumindest amüsiert.

Es gab Kerzen in Form von kleinen Rentieren, LED-beleuchtete Schneemänner, als Weihnachtsmann verkleidete Osterhasen, ein Weihnachtsflaschengirl als Aufsatz für den Flaschenhals, ein Rocking-Santa, also eine Art weihnachtlicher Wackel-Elvis, Schneekugeln mit Weihnachtsbären, Weihnachtssocken und -krawatten, eine Weihnachtssonnenbrille mit Gläsern in Tannenbaumform, einen Weihnachts-BH in rot mit weißem Pelzbesatz, ein Weihnachtsschmuckkondom (nicht zur Verhütung geeignet) ...

Bella rief quer durch den Raum: »Na, Mischa, was hast du?«

Herr Johannson zuckte mit den Schultern.

»Hallo, Santa Claus«, rief ein Herr neben Bella, »der Hausherr hat noch gar nicht gezogen!«

Alle Blicke richteten sich auf Herrn Johannson. Es war genau die Aufmerksamkeit, die er hatte vermeiden wollen. Der Weihnachtsmann, der ihn um mehr als einen Kopf überragte, hielt ihm aufmunternd den Sack hin:

»Es ist doch für jeden etwas da!«, meinte er mit seiner amerikanisierten Bassstimme, »Ho, ho, ho!«

Viel Auswahl schien nicht mehr zu sein. Herr Johannson tastete tief, um ein Rentiergeweih, wie es Frau Maschmann ergattert hatte, zu umgehen. Er ergriff ein würfelförmiges Päckchen, etwa zwölf mal zwölf Zentimeter. Auf dem Karton war ein roter Kaffeebecher abgebildet mit einer merkwürdig tiefen Aussparung an einer Seite.

»Zeig her, was ist es?« Bella war jetzt neben ihm.

Herr Johannson zuckte mit den Schultern:

»Ein Kaffeebecher.«

Bella ergriff das Päckchen und las:

»Nasenbecher: bei Bewegungseinschränkungen im Hals- und Nackenbereich und bei Schluckbeschwerden (Dysphagien). Spezialbecher mit Nasenausschnitt. Kopfbeugung beim Trinken entfällt. Der große Henkel kann leicht gegriffen werden, zum Beispiel bei Parkinsonscher Krankheit.«

Alles lachte. Senator Brook schlug Herrn Johannson auf die Schulter:

»Tja, wir werden alle nicht jünger, Johannson!«

Bella hatte den Becher ausgepackt und demonstrierte, wie man aus ihm trinken könnte, ohne den Nacken zu bewegen.

Herrn Johannson versuchte ein souveränes Lächeln.

Brook dozierte wieder: »Das ist der Trend des einundzwanzigsten Jahrhunderts! Wie viele altengerechte Wohnungen haben Sie im Programm? Da geht es um viel Geld. Der Run des Einzelhandels auf die kaufkräftige Generation Fünfundsechzig-plus hat begonnen. Fast gehören wir zwei doch auch schon dazu, Johannson!«

»Wie Sie meinen, Herr Senator!«

Herr Johannson legte den Kopf schief, um einen Zweifel anzudeuten.

Brook war jetzt gar nicht mehr zu stoppen. Er erzählte von der Shoppinggalerie, deren Neu- und Umbauten er in letzter Zeit begleitet hatte, alles nach neuem Konzept, Galerie für Generationen, Filialen mit mehr Sitzgelegenheiten, breiteren Durchgängen, größeren Umkleidekabinen mit Haltegriffen und einem schwenkbaren Spiegel. Und natürlich Lieferservice, damit die vielen Tragetaschen am Schluss nicht nach Hause geschleppt werden müssten! Die Generation Fünfzig-plus sei die neue Zielgruppe des Einzelhandels, mit Vorbildcharakter für ganz Deutschland.

Herr Johannson stellte den Nasenbecher auf dem Kaminsims ab.

In dem Moment kam Christensen vom niederländischen Bauherrenkonsortium aus der Bibliothek und steuerte direkt auf den Kamin zu.

»Da sind Sie ja, Herr Johannson, haben Sie einen Moment für mich?«

Herr Johannson war froh, dass sich eine Gelegenheit ergab, um Senator Brook zu entkommen.

Er machte eine entschuldigende Geste zum Senator hin und bot Christensen an, kurz mit ihm in sein Arbeitszimmer nach oben zu gehen. Es ging um die Vermarktung eines neuen Apartmentkomplexes am Baakenhafen. Sie wurden rasch einig. »Meinen Sie, wir könnten noch vor Weihnachten einen Termin hinbekommen?«

»Kein Problem, Herr Christensen, von meiner Seite aus garantiert! Ich freue mich, dass Sie offensichtlich mit unserer Arbeit zufrieden sind, Herr Börnsen und ich werden jeden Terminvorschlag Ihrerseits möglich machen. Rufen Sie einfach bei uns im Büro an!«

Auch wenn er hafencity-müde war, es war und blieb ein gutes Geschäft, Börnsen würde sich darum kümmern.

Als sie den Salon wieder betraten, machte er Christensen mit einem aufstrebenden jungen Architekten aus Annettes Künstlerkreisen bekannt, um sich dann Frau von Bernstorff zuzuwenden, die ihn schon am

Telefon beschworen hatte, dass er sie unbedingt bei dem heutigen Treffen in Sachen Alterssitz im sonnigen Süden beraten müsse.

Annettes ungewöhnliche Erscheinung, ihre künstlerische Kreativität und ihre exzellenten Verbindungen in der Hamburger Kunstszene waren die perfekte Ergänzung für das Geschäft von Herrn Johannson. Der Kontrast zur biederen Bürgerlichkeit, die er trotz aller Kompetenz, seinen Designeranzügen und Seidenkrawatten ausstrahlte, war von großer Wichtigkeit, um Leute, die sich für teure Immobilien interessierten, an sich zu binden.

Da war es nicht so entscheidend, ob Annette das Collier gefiel. Ein teures Schmuckstück für ein exotisches Schmuckstück. Annettes alljährliche Kombination aus Vernissage, Nikolaus- und Geburtstagsfeier zog viele an, die in Hamburg reich und einflussreich waren oder es sein wollten.

Annette

Annette war wieder nach Lanzarote abgereist. Gleich am Tag nach Neujahr. Wie immer in Hektik (»Ich rufe dich an, sobald ich in Costa Teguise bin ... ach, ich hab vergessen, dir zu sagen, dass das Licht am Pool nicht geht. Rufst du bitte den Elektriker an oder bittest Frau Schmidt, dass sie sich drum kümmert? Und der Gärtner, die Büsche sind immer noch nicht beschnitten, wir sollten den Gärtner wechseln ...«), wie immer mit Übergepäck (»Eine Staffelei muss man in Hamburg kaufen, bei Brückner, und die Farben auch ... ohne vernünftiges Material kann ich nicht arbeiten ...«) Herr Johannson hatte gelächelt, sie nochmals zu ihrer Ausstellung im September mit den ›Frauen in Wut‹ in der Galerie Maschmann beglückwünscht und hatte sie und ihr sperriges Gepäck zum Flughafen gefahren. Sie küsste ihn zum Abschied, aber sie sagte nicht: »Komm doch mal wieder mit runter nach Lanzarote!« Seit zwei oder drei Jahren verbrachte Annette den größten Teil ihrer Zeit dort. Er sah an ihren lebhaften Augen, dass sie sich freute auf die Insel, auf die Sonne, das Licht, die Künstler ... und vermutlich auf einen anderen Mann. Meistens kam sie nur für bestimmte Termine nach Hamburg zurück. Sie ging zum Geburtstag einer Freundin oder einkaufen, hatte einen Arzttermin oder versuchte, ihre Bilder in einer Galerie unterzubringen. Die längste Zeit, die sie dann mit Herrn Johannson verbrachte, waren oft die Fahrten vom und zum Flughafen. Sie hatten sich voneinander entfernt, nicht nur räumlich.

Er hörte ein leises Bedauern in ihrer Stimme:

»Im September bin ich dann ja auf jeden Fall längerfristig hier, erst ist die Ausstellungseröffnung bei Maschmann und dann habe ich doch Bella versprochen, ihren Dackel zu sitten.« Sie sagte ›Dackel sitten‹ ganz selbstverständlich, aber Herr Johannson fand den Ausdruck witzig und grinste.

»Grins nicht immer über Bella, sie ist meine Freundin und ich habe sie gern!«

Doch ihre Augen amüsierten sich ebenfalls. Eine kleine Gemeinsamkeit, sich amüsieren über Bellas neurotischen Dackel, der Flugangst hatte und nicht allein in einer Tierpension bleiben konnte.

Sonst redeten sie nicht viel. Herr Johannson machte Annette keine Vorwürfe, und sie begründete ihre lange Abwesenheit nicht. Er küsste sie nochmals auf die Wange, bevor sie durch die Sperre ging. Er sah ihr nicht nach. Immer wenn er sie von weitem oder aus einer ungewohnten Perspektive wahrnahm, war er verblüfft, wie alt sie aussah. Sie war zehn Jahre jünger als er, sie war schlank, mehr als schlank, gepflegt, ihre Kleidung extravagant, die taillierte Jacke stand ihr besonders gut, die graue Haarmähne schillerte, und doch, vielleicht war es irgendetwas an ihrer Haltung oder ihrem Gang, was so alt aussah. Auf der Rückfahrt vom Flughafen versuchte er ein paar Gedanken zu seiner Ehe. Es war keine schlechte Ehe. Er fühlte sich nicht gestresst. Annette stellte keine Ansprüche, allenfalls unausgesprochen den Anspruch, auf Lanzarote in Ruhe gelassen zu werden. (»Du kannst dir nicht vorstellen, Mischa, wie mich das einfache Leben dort inspiriert!«) Nicht einmal von seinem Geld war sie mehr abhängig, so viel Erfolg hatte sie mittlerweile mit ihren Bildern. Verliebt in sie war er wohl nicht mehr. War er aber mal gewesen. Er erinnerte sich genau, es war in seinem zweiten Jahr bei Winkler, Annette hatte ihr Abitur bestanden.

Arnold Winkler rief ihn nachmittags aus Timmendorfer Strand an:

»Johannson, Sie müssen mir einen Gefallen tun! Ich habe Annette anlässlich ihres Abiturs ein Essen in einem indischen Restaurant versprochen, eigentlich will sie ja nach Indien reisen, aber ich hoffe, das kann ich ihr noch ausreden. Der Tisch im ›Tadsch Mahal‹ ist reserviert für 19.30 Uhr, nur kann ich hier unmöglich weg, es gibt ein Arbeitsessen mit den Investoren und Architekten, ich bin sicher, ich kriege die Gesamtvermarktung, aber ich muss hierbleiben. Annette kommt gegen 19.00 Uhr ins Büro. Können Sie das in die Hand nehmen, Johannson?«

»Natürlich, Herr Winkler, kein Problem!«

»Ich weiß, es kommt ein bisschen plötzlich, aber ich will ihr den Abend nicht verderben, sie hat sich so darauf gefreut. Ja, ich weiß, sie ist zu sehr verwöhnt, die Mutter fehlt. Helfen Sie mir, Johannson?«

Erst vor wenigen Monaten hatte Winkler Herrn Johannson erzählt, dass seine Frau ihn und Annette fünf Jahre zuvor verlassen hatte, um einem Sektenführer in den USA nachzufolgen. Er hatte nie wieder etwas von ihr gehört. Er meinte nur, es sei eine Erleichterung gewesen, seine Frau habe sich durch ihre Religiosität sehr verändert, man habe sich schon seit langer Zeit auseinandergelebt. Nicht mal Annette vermisse die Mutter, auch sie habe bisher keinen Versuch gemacht, die Adresse seiner Ex-Frau herauszubekommen.

»Aber ich bitte Sie«, sagte Herr Johannson, »ich gehe selbstverständlich gern mit Ihrer Tochter aus!«

»Johannson, Sie sind spitze! Bewahren Sie alle Rechnungen auf, Sie sind natürlich eingeladen!«

Noch bevor Herr Johannson etwas erwidern konnte, hatte Winkler schon aufgelegt.

Um Annette nicht zu verpassen, öffnete er am Abend die Tür seines Büros zum Oktogon hin. Das war der achteckige, überdachte Lichthof im hinteren Teil des Afrikahauses in der Großen Reichenstraße, im sogenannten Elefantenhaus, in dem Winkler auf einer Etage sein repräsentatives Maklerbüro betrieb. Das Dach der Rotunde war von gusseisernen Säulen aus der Gründerzeit getragen, von dem rundlaufenden Flur auf der Galerie des ersten Stocks gingen Winklers Büroräume ab.

Als Annette aus dem Fahrstuhl gegenüber von Herrn Johannsons Büro trat, sah er, dass sie sich verändert hatte. Seit ihrer ersten Begegnung auf Lanzarote hatte er sie kaum noch gesehen.

Sie hatte so ein langes Flatterkleid an, im Hippiestil, das ihre schmale Figur perfekt umspielte. Alle trotzige Pausbäckigkeit war aus ihrem Gesicht verschwunden. Die Augen glitzerten und die früher strähnigen langen blonden Haare hatten sich in eine wallende Lockenmähne verwandelt.

Auf Lanzarote damals hatte sie sofort darauf bestanden, dass man sich duzte. Jetzt war sie erwachsen und Herr Johannson fühlte sich unsicher.

»Hallo Michael, wie geht's?«

Sie gab ihm wie selbstverständlich einen Kuss auf die Wange.

»Herzlichen Glückwunsch zum bestandenen Abitur!«, sagte er.

Das indische Restaurant entpuppte sich als ein Ort gehobener Gutbürgerlichkeit. Annette schien es gar nichts auszumachen, dass ihr Vater sie versetzt hatte. In ihrem bunten Hippiekleid war sie ein Paradiesvogel zwischen all den dunklen Anzügen und Kostümen. Sie lästerte über die Spießer, lachte laut und warf dabei den Kopf in den Nacken, bis andere Gäste betreten zu ihnen herübersahen. Herr Johannson lockerte seine Krawatte.

Als er den Kellner um die Rechnung bat, hatte er eine Idee.

»Wir werden dein Abitur heute Abend noch besser feiern als in diesem langweiligen Restaurant, was hältst du davon?«

»Was heißt besser?«

»Lass dich überraschen, komm einfach mit!«

Sie ließ sich darauf ein. Schon dass sie ihm vertraute, ohne weiter nachzufragen, löste Glücksgefühle in ihm aus. Er hielt an einer Tankstelle und kaufte zwei Flaschen Sekt. Dann fuhr er hinaus nach Wedel zu einem Stück Elbstrand, das er aus Studententagen kannte. Der Strand war hier mindestens fünfzig Meter breit. Als sie aus dem Auto stiegen, zog wie bestellt ein Kreuzfahrtschiff mit tausend Lichtern in Richtung Nordsee vorbei. Annette sah aufs Wasser und schmiegte sich an ihn, und er legte vorsichtig seinen Arm um ihre Schulter, als hätte er Angst, etwas zu zerbrechen. So standen sie und schauten dem Schiff hinterher.

Am Strand lagerten mehrere Gruppen von jungen Leuten. An einem Lagerfeuer wurde Musik gemacht. Herr Johannson breitete sein Jackett auf dem Sand aus, nicht weit vom Feuer, sodass etwas Wärme auf sie abstrahlte. Sie tranken den Sekt aus der Flasche. Nach einer Weile stand Annette auf und tanzte barfuß zu den Klängen der Gitarre, gedankenverloren, ganz bei sich, bis sie mit einem Fuß in das eiskalte

Wasser der Elbe geriet. Lachend lief sie zurück zu Herrn Johannson und drückte ihm einen Kuss auf den Mund, den er in seiner Überraschung so schnell gar nicht erwidern konnte. Sie zog ihn an seiner Krawatte zu sich hoch und zupfte an seinem weißen Hemd, bis es lang über der Hose hing. Die Leute am Feuer lachten und klatschten und der Gitarrist stimmte ›House in New Orleans‹ an. Sie tanzten eng umschlungen. Erst spät wagte Herr Johannson, den Kuss zu wiederholen.

Im Morgengrauen brachte er sie nach Hause. Er versuchte gar nicht erst zu schlafen, fühlte sich so gut wie nie und war am Nachmittag sehr zufrieden mit der Komödie, die er Arnold Winkler vorspielte:

»... Wirklich ein ausgezeichnetes Restaurant, Herr Winkler, sehr gediegen!«

Noch heute spürte er in seiner Erinnerung den überlauten Herzschlag der folgenden Tage und den Druck in der Magengegend. Und doch fühlte es sich an wie die Erinnerung an einen Film, den er vor langer Zeit gesehen hatte. Aber vermutlich war Annette die einzige Frau, in die er einmal mit Haut und Haaren verliebt gewesen war. Bei den anderen Frauen erinnerte er sich nicht an seine Gefühle.

Es gelang ihnen fast ein Jahr lang, die Beziehung vor Annettes Vater geheim zu halten. Beiden war sofort klar, dass Michael für Arnold Winkler die Inkarnation des Ideal-Schwiegersohnes war, und wenn ihre Beziehung ein wenig Zeit bekommen sollte zu wachsen, dann durfte Winkler auf keinen Fall etwas davon erfahren. Mitten in der Freizügigkeit der siebziger Jahre konnten sie sich nur heimlich treffen, wenige Male in der Studentenbude, in der Michael immer noch hauste, und Annette log ihren Vater an, dass sie bei einer Freundin übernachtete. Herr Johannson holte sie von der Fachhochschule ab, bei der sie Innenarchitektur belegt hatte, und sie begleitete ihn zu Kundenterminen, wartete im Auto vor der Immobilie und küsste ihn auf den Mund, wenn er wieder einstieg.

Solch ein inniger Kuss wurde ihrer ausgeklügelten Geheimhaltung schließlich zum Verhängnis. Von einer Kundin, die Arnold Winkler zufällig in einem Restaurant traf, wurde er endlich über den Sachverhalt aufgeklärt. Diese Kundin fiel Winkler vor allen Leuten um den Hals und beglückwünschte ihn zu seinem jungen Mitarbeiter, der das Wunder vollbracht habe, ein Haus zu finden, das den Ansprüchen ihres Mannes genüge und gleichzeitig ihr Traumhaus sei.

»Unglaublich kompetent für sein Alter! Auf jede noch so verrückte Frage meines Mannes hatte der junge Herr Johannson eine Antwort parat, egal, ob es um verzinkte Abwasserrohre oder eine Reduktion der Grundsteuer ging. Und absolut vertrauenswürdig, gar nicht, wie man sich einen Makler vorstellt, Entschuldigung, Herr Winkler, natürlich sind auch Sie nicht ›so ein Makler‹, Sie wissen schon, wie ich das meine! Sonst hätte mein Mann sicher nicht die Firma Winkler beauftragt! Aber wie gesagt, Ihr Herr Johannson, der hat das Herz auf dem rechten Fleck, das richtige Gefühl für Menschen und Häuser, das Haus ist einfach wunderschön ... und die Lage! Er hat eben Verständnis für die Wünsche einer Frau, das sieht man ja auch daran, wie er mit seiner jungen Freundin umgeht, einfach süß!«

Winklers fragender Blick ließ sie kurz inne halten.

»Ach, die kennen Sie gar nicht? Recht jung, vielleicht zwanzig, sehr zierlich, lange blonde Haare, sehr hübsch! Als er zum Wagen zurückkam, haben sie sich geküsst, so romantisch! Fragen Sie ihn doch mal, er stellt sie Ihnen sicher bald vor, das sah man gleich, dass das was Ernsteres ist.«

Von diesem Tage an bestimmte Arnold Winkler das Geschehen. Die Hochzeit fand im Landhaus Carstens in Timmendorfer Strand statt. Die Hochzeitsreise ging nach New York.

Das war lange her, nicht mehr real, nur eine Erinnerung.

Und jetzt? Zufriedenheit, Stolz, wenn, wie auf ihrer Geburtstagsfeier, Glanz und Glamour der bekannten Künstlerin auf ihn und sein Geschäft abstrahlten? Sein Geschäft, das zur Hälfte ihr gehörte? Wovon sie aber nie sprach. Weder vor noch nach Arnolds Tod hatte sie je versucht, irgendwelche Vorteile aus der Tatsache ihrer Miteigentümerschaft zu ziehen oder gar Einfluss zu nehmen. Sie erwähnte es einfach nicht. Herr Johannson wertschätzte das. Weitere Gefühle? Er vermochte es nicht zu klären. Keine Liebe, kein Hass, keine Sehnsucht, keine Enttäuschung, kein sexuelles Verlangen, kein Ekel, kein Bedauern über ihre Kinderlosigkeit. Er fand kein Gefühl, das zu seiner Beziehung zu Annette gepasst hätte.

Herr Johannson schloss die Haustür auf. Er war froh über die Stille im Haus. Die Haushälterin kam nur dreimal in der Woche.

Das Haus in Poppenbüttel war 1962 ein viel bewunderter Architektenentwurf gewesen, den sich Arnold Winkler von seinem Anteil am Wirtschaftswunder geleistet hatte. Über drei Etagen schmiegte es sich mit seinen gestuften Flachdächern an den Hang. Das Grundstück endete oberhalb des kleinen Hennebergparks im Tal der Alster. Arnold Winkler hatte damals nicht geahnt, dass er am Rande eines zukünftigen Naturschutzgebietes baute. Dank seiner Weitsicht lag das Haus heute am Ende einer Sackgasse über der träge fließenden Alster an einem für Hamburg ungewöhnlich idyllischen Fleckchen Erde. Schon zu Arnold Winklers Zeiten war es ganz in Weiß gehalten und Herr Johannson achtete darauf, dass der Anstrich immer makellos war und das Tor vor der Garageneinfahrt in frischem Weiß leuchtete. Die geschwungene Treppe im Inneren war eine Reminiszenz an die sechziger Jahre. Und der Porzellanhund. Ein Windhund im Windfang. Die lebensgroße Figur eines sehr schlanken, wachsam dreinschauenden Windhundes. Herr Johannson hasste diese monströse Nippesfigur, die von Frau Schmidt jede Woche auf Hochglanz poliert wurde. Wenn es nach Annette gegangen wäre, hätte man den Hund schon längst entsorgen können. Wie Herr Johannson selbst hielt sie nicht viel von Haustieren, auch nicht aus Porzellan. Das Problem war, dass es Arnolds Hund war. Er hatte die merkwürdige Marotte gehabt, den Porzellanhund zu tätscheln wie ein lebendiges Tier, ihn zu begrüßen, wenn er nach Hause kam, und sich zu verabschieden, wenn er das Haus verließ. Annette und Herr Johannson hatten sich früher oft darüber lustig gemacht, aber als Arnold starb, blieb der Hund. Erst verbot es die Konvention der Trauerzeit, das kostbare Stück einfach auf dem Müll zu entsorgen oder bei einem Trödler zu verkaufen, später schien es Herrn Johannson, als würde er mit dem

Hund seinen Schwiegervater aus seinem eigenen Haus weisen. Er hatte Arnold viel zu verdanken. Der weiße Windhund blieb.

Sonst gab es im Haus nur gerade Linien. Im Obergeschoss Gästezimmer, Arbeitszimmer und Schlafzimmer, das Erdgeschoss wurde von einem großzügigen Salon dominiert, außerdem gab es die sogenannte Bibliothek, in der an der Wand unter Glas das Titelfoto der Zeitschrift ›Architektur heute‹, Heft 1/1963, an der Wand hing, das ein Foto des Winklerschen Hauses zeigte. Im Souterrain hatte Arnold Winkler unterhalb der Terrasse ein Schwimmbad mit Ausgang zum Garten eingebaut. Herr Johannson nutzte den Pool nie. Das war Annettes Reich, die gleich daneben ihr Atelier eingerichtet hatte.

Herr Johannson betrat sein Arbeitszimmer. Das Bauhauszimmer. Hier hatte er im Laufe der Jahre sein eigenes kleines Bauhausmuseum zusammengetragen. Er ließ sich in den Schwingsessel von Marcel Breuer fallen. Der Thonet-Schreibtisch war nicht PC-tauglich, aber Herr Johannson nahm eher Muskelverspannungen in Kauf, als dass er das Zimmer entweiht hätte, indem er einen modernen PC-Tisch inmitten dieser einmaligen Stücke platziert hätte. Alles in diesem Zimmer war nach Originalentwürfen der Bauhausdesigner gefertigt. An den Wänden hingen Drucke von Feininger und Moholy-Nagy. Es gehörte zu Herrn Johannsons liebsten Freizeitbeschäftigungen, dem Ensemble immer mal wieder ein kleines Detail hinzuzufügen.

Das Haus und sein Arbeitszimmer waren eine Entsprechung, ein passender Rahmen für sein Leben.

Auch in fremden Immobilien erlebte er Räume als Rahmen, das machte einen guten Makler aus, das Gespür für die richtige Form, den Gleichklang zwischen den Räumen und den Personen.

Heute aber fühlte er sich erschöpft, wie immer häufiger in letzter Zeit. An der Arbeitsbelastung konnte es nicht liegen. Er hatte kompetente Mitarbeiter, er konnte vieles delegieren. Es war so eine allgemeine Lustlosigkeit, die ihn manchmal überkam. Herr Johannson rief sich zur Ordnung, schaltete den PC ein und schaute nach geschäftlichen E-Mails.

Büro

Börnsen hatte die neue Team-Assistentin eingestellt. Nachdem es einen regelrechten Aufruhr im ehrwürdigen Büro von ›Johannson und Winkler‹ im Afrikahaus gegeben hatte.

Am Montag nach Annettes Abreise betrat Herr Johannson das Konferenzzimmer pünktlich um neun zur Morgenbesprechung. Alles schien wie immer. Der Glastisch war etwas überdimensioniert, alle zehn mit schwarzem Leder bezogenen Stühle wurden selten gebraucht. Der Mitarbeiterstamm war in den letzten Jahren immer weiter reduziert worden, dabei ging es dem Unternehmen nicht schlecht. Aber das brachte die Rationalisierung nun mal so mit sich. Der gelegentliche Rückgriff auf freie Mitarbeiter bot mehr Flexibilität, die Vermarktung im Internet sparte Mitarbeiter ein, außerdem hatte er schon vor Jahren das Segment ›Ferienwohnungen auf den Kanaren‹ stillgelegt. Zu Arnold Winklers Zeiten war das Geschäft in Spanien hervorragend gelaufen, seit der Finanzkrise war Herr Johannson froh, nicht in den Strudel der spanischen Insolvenzen hineingezogen worden zu sein.

Ungewöhnlich an diesem Morgen war, dass seine vier Mitarbeiter schon vollzählig versammelt waren. Sie begrüßten ihn höflich, aber sie schauten ihn anders an, fordernd.

Oder schaute er sie anders an? Da war zum einen Frau Herbarth, die in dem Halogenlicht aus der Deckenverkleidung so grau aussah wie der Hamburger Morgen vor den Fenstern. Dabei war sie doch viel jünger als er, erst sechsundfünfzig. Gisela Herbarth war unscheinbar, mit ihrer Kleidung nicht mehr ganz am Puls der Zeit, doch war sie verheiratet mit Thorsten Herbarth, dem Leiter der Immobilienabteilung der Deutschen Bank Hamburg. Auch wenn Herr Johannson mehrere Banker im Rotary Club kannte, so waren die gelegentlichen Insiderinformationen aus dem Bereich Kreditwesen, die immer diskret und beiläufig über Frau Herbarth hereinflossen, von unschätzbarem Wert. So hatte sich Frau Herbarth, deren unauffälliges, aber stets untadeliges Äußeres ebenso gut in ein Bankinstitut gepasst hätte, auf die Kunden spezialisiert, bei denen es Schwierigkeiten bei der Kreditvergabe oder andere Probleme rund um die Finanzierung der Immobilie gab.

Neben ihr saß Sylvia Dollbaum, zweiundvierzig Jahre, die ihr Hamstergesicht und ihre Bindegewebsschwäche – wenn man ihre zunehmende Übergewichtigkeit so nennen wollte – mit viel Schminke und schrillen Frisuren wettzumachen suchte. In letzter Zeit erschien sie vermehrt gestresst, weil sie neben Anzeigenbetreuung und Akquise den größten Teil der allgemeinen Büroarbeit und der Buchhaltung übernommen hatte, seit Frau Peters in den Ruhestand gegangen war.

Näher an Börnsen, als bei dem ausladenden Konferenztisch notwendig gewesen wäre, hatte Jennifer Pawlowski Platz genommen, Azubi als Immobilienkauffrau, versessen auf alles rund um den PC. Sie himmelte ihren direkten Vorgesetzten Alexander Börnsen an und schob klaglos für ihn eine Überstunde nach der anderen.

Börnsen war aufgestanden, als Herr Johannson den Raum betrat, und wollte offensichtlich sofort das Wort ergreifen.

Alexander Börnsen sah aus wie ein in die Jahre gekommenes männliches Model. Die Figur athletisch, vielleicht in der Hüfte mittlerweile eine Spur zu breit, die vollen schwarzen Haare von grauen Strähnen durchzogen, obwohl er doch gerade erst achtunddreißig geworden war. Die Lachfalten rund um die braunen Augen unterstrichen seinen Charme, der aber vor allem getragen war von seiner Gestik. Er verstand es unnachahmlich, seine schönen Hände beim Sprechen in Szene zu setzen, sodass insbesondere ein weibliches Gegenüber dermaßen fasziniert wurde von seiner körperlichen Präsenz, dass sie dem Sinn seiner Worte nur unter dem Aufbieten größter Konzentration zu folgen vermochte. Die Kundinnen brachten daher regelmäßig die Schönheit von Alexander Börnsen mit den Vorzügen oder Nachteilen des Immobilien-Objektes durcheinander. Frau von Bernstorff hatte es einmal so formuliert:

»Herr Johannson, Ihr junger Mitarbeiter ist ja sooo charmant! Aber ich bin froh, dass meine Töchter ihn nie kennengelernt haben.«

Er hatte etwas Unseriöses.

Börnsen war sein Mann in der Hafen-City, sein Kontaktmann für die freien Mitarbeiter, sein Software-Fachmann, der Einzige im Team, der innovativ und vorausschauend dachte, sein Ersatzmann in Urlaubszeiten oder, wenn er irgendeinen Termin nicht wahrnehmen konnte oder wollte, sein Stellvertreter ...

»Guten Morgen, meine Damen!«, Herr Johannson setzte sich, »Börnsen, was gibt's?«

Da redeten sie alle auf ihn ein, selbst Frau Herbarth war in Rage:

»... und wenn Sie jetzt nicht sofort eine neue Assistentin einstellen, kündige ich, hier geht ja alles drunter und drüber!«

Herr Johannson fragte sich, ob es wirklich schon sechs Monate waren, seit Frau Peters sie verlassen hatte, und wie viele Überstunden er seitdem gegengezeichnet hatte, und ob überhaupt alle Gehälter korrekt ausbezahlt worden waren. Er erinnerte sich, dass er sich um eine neue Kraft hatte kümmern wollen, nicht so einfach, Frau Peters zu ersetzen ...

Börnsen fasste den Unmut der Mitarbeiter zusammen:

»Also Herr Johannson, was gedenken Sie in dieser Sache zu unternehmen?«

Unseriös und unverschämt, dachte Herr Johannson. Er zog die Mundwinkel nach unten. Aber damit konnte er das aufkeimende Gefühl von Peinlichkeit nicht unterdrücken. Börnsen hatte recht und die anderen auch. Alle hatten ihn immer wieder darauf angesprochen. Er konnte sich nicht einmal mit der angespannten Wirtschaftslage herausreden, denn seit letztem Jahr liefen die Geschäfte wieder ausgezeichnet. Die Unsicherheit auf den Finanzmärkten brachte die Leute dazu, in Immobilien zu investieren. Und alle wussten das. Schon sechs Monate war Frau Peters weg? Er hatte nichts unternommen, keine Anzeige geschaltet, keine Kontakte zu Kollegen aufgenommen. Er wusste nicht, warum. Obendrein war die Pensionierung ja nicht vom Himmel gefallen. Er hätte sich kümmern müssen.

Die Stille war lang geworden. Die Damen schauten ihn fragend, erwartungsvoll, vorwurfsvoll, zweifelnd, einfach anders an als sonst, Börnsen blätterte in seinen Unterlagen.

Herr Johannson sagte wie beiläufig: »Natürlich, Sie haben recht. Ach, Börnsen, bitte kümmern Sie sich doch darum, ich habe zu viel anderes zu tun. Es sollte aber eine erfahrene Kraft sein!«

Börnsen nickte, ohne aufzusehen, und machte sich eine Notiz. Herr Johannson hatte sich wieder erhoben.

»Und Börnsen, machen Sie die Objektbesprechung bitte heute ohne mich, ich habe noch ein wichtiges Telefonat, wenn Sie Fragen haben, kommen Sie nachher in mein Büro!«

Damit verließ er den Raum.

Börnsen hatte schon zum nächsten Ersten eine geeignete Kollegin für die Teamassistenz gefunden.

»Sie hat ausgezeichnete Referenzen ... und ... sie wird Ihnen gefallen.«

Nur Börnsens Augen hatten süffisant gelächelt, der Mund blieb ernst.

Er hatte die Papiere durchgesehen und ihr Foto ...

Herr Johannson, Inhaber der alteingesessenen Immobilienfirma ›Johannson und Winkler‹, hatte seine neue Teamassistentin von Börnsen einstellen lassen, seinem besten Mann, seinem Stellvertreter, ... seinem zukünftigen Geschäftsführer? Von einem Mann, den er für begabt, intelligent, unverschämt und unseriös hielt. Er würde sich bald entscheiden müssen.

Die Neue aber, unvergesslich, wie sie am ersten Tag in sein Büro kam ...

Börnsen hatte sie kurz vorgestellt und dann die Tür von Herrn Johannsons Büro von außen geschlossen. Sie hatte die Fähigkeit, auf ihren hohen Absätzen zu schweben, nicht zu stampfen wie die meisten Frauen. Die Rocklänge beziehungsweise Rockkürze war perfekt der Form ihrer makellosen Beine angepasst. Die Schnelligkeit der Bewegungen erinnerte Herrn Johannson an Hütchenspieler, geschickt, geschmeidig, nicht hektisch.

Er bat sie, Platz zu nehmen. Sie war dunkelhaarig, die langen Locken zu einem Knoten verschlungen. Die Ohrgehänge passten zu der silbernen Kette. Die geöffneten Blusenknöpfe versprachen viel. Beim dritten Blick auf ihre Beine konnte er die Vorstellung nicht mehr zurückdrängen, dass seine Hände ihren Körper erkundeten, er glaubte zu spüren, wie das

Gefühl sein könnte, wenn ihre Geschmeidigkeit unter seinen Händen zerschmolz.

Melanie Jeus, so hatte Börnsen sie präsentiert.

»Jé-us, nicht Jeus«, präzisierte sie nun, »ein alter lateinischer Name, aus Süddeutschland.«

Ihre hohe kindliche Stimme irritierte Herrn Johannson, sie passte nicht im Geringsten zu ihrem Äußeren und zu dem alten lateinischen Namen.

Herr Johannson räusperte sich und sprach über Probezeit, Datenschutz und Diskretion, Teamarbeit und dass es im Immobiliengeschäft keine Wochenenden gebe. Seine Stimme war rauer als sonst. Aber das konnte Frau Jé-us ja nicht wissen. Lange Zeit gelang es ihm nicht, den Blick von ihrem rechten Ohr abzuwenden. Eine Kette von winzig kleinen Leberfleckchen zog sich rund um die Ohrmuschel, symmetrisch aufgereiht, als hätte ein penibler Theatervisagist sich besondere Mühe gegeben, sie dorthin zu malen. Am linken Ohr war der matt-dunkle Teint glatt und ohne Zeichnung. Vielleicht waren die Pünktchen wirklich künstlich? Herr Johannson verlor sich in der Fantasie zu lecken, bis alle ›grains de beauté‹ getilgt waren. Es schmeckte nach herber Schokolade.

Melanie Jeus lächelte.

Nach einer Ewigkeit riss er sich los und blätterte erneut in ihren Papieren, ohne etwas zu sehen.

»Ja, also, Ihre Zeugnisse sind tadellos. Erzählen Sie ein bisschen von sich! Sie haben schon in der Immobilienbranche gearbeitet?«

»Ja, bei Heyne-Immobilien war ich ebenfalls in der Sachbearbeitung ...«

Er nickte aufmunternd, aber er hörte ihr nicht zu. Seine Augen wanderten von ihren Händen zu ihrem Dekolleté und wieder zu ihren Beinen.

»... ja, und Herr Börnsen hat mich bereits in mein Aufgabenfeld eingewiesen.«

Nur ihre Stimme war zu hoch.

Innerhalb weniger Tage hatte sie sich eingearbeitet. Herr Johannson war beeindruckt. Sie brachte die Buchhaltung auf den neuesten Stand, koordinierte die Termine der Mitarbeiter, informierte sich über alle laufenden Projekte, sodass sie am Telefon Kunden gegenüber immer kompetent erschien. Sie sorgte für frischen Blumenschmuck und regte die farbliche Neugestaltung des Eingangsbereiches an. Besonders angenehm aber empfand Herr Johannson, dass Frau Jeus sich ihm gegenüber benahm, als wenn sie seine persönliche Sekretärin wäre. Sie bot ihm unaufgefordert Kaffee an, erinnerte ihn an seine Verabredungen und an besondere Vorlieben seiner Kunden.

Und es war faszinierend, ihr zuzusehen. Ihr schwebender Gang, ihre schnellen Gesten, wie sie mit den täglich neu gestylten langen Fingernägeln das Telefon bediente ...

Das exotische Parfüm, das sie benutzte, erinnerte Herrn Johannson an den Geruch von Zedernholz. Es schien extra für Melanie Jeus kreiert worden zu sein.

Nur ihre Stimme war zu hoch.

Altenheim

Die Seniorenresidenz lag in der Nähe des Lübecker Hafens. Der Blick ging weit über die Trave bis zu den Hafenschuppen auf der anderen Seite und der neuen Brücke der Westtangente. Die kleine Parkanlage vor dem Haupteingang war menschenleer. Herr Johannson verweilte einen Moment und genoss die Aussicht und die klare Winterluft. Erst als Ohren und Hände unangenehm kalt wurden, raffte er sich auf und ging hinein. Direkt neben dem Eingangsbereich standen die Doppeltüren offen zu einem großen Speisesaal, der auch als Veranstaltungsraum diente. In der Mitte ein Podium mit einem Flügel, überall Blumen, wie gemacht für Sonntagnachmittage, Tanztees, Ein-Mann-Unterhalter. Mittags gab es Auswahl zwischen mehreren Menüs, fast wie in einem Restaurant, zum Kaffee entsprechendes Kuchenbuffet. Seine Mutter konnte dort schon lange nicht mehr essen gehen, es sei denn in seiner Begleitung, weil sie sich in dem großen Haus nicht orientieren konnte.

Der Gang zu den Fahrstühlen war mit dunklem Holz getäfelt und erinnerte Herrn Johannson an die Gänge auf Kreuzfahrtschiffen. Aus der Flügeltür zum Wellnessbereich (mit Schwimmbad und Sauna) traten zwei Senioren in weißen Bademänteln, sie waren in ein angeregtes Gespräch vertieft. Herr Johannson schaute ihnen irritiert nach. Senioren? Das Paar schien ihm nicht viel älter als er selbst zu sein, vielleicht siebzig? Was brachte Menschen dazu, mit siebzig Jahren bei offenbar guter Gesundheit in eine Seniorenresidenz zu ziehen? Die Ein- oder Zwei-Zimmer-Apartments im sogenannten ›Betreuten Wohnen‹ hatten alle Balkon mit Blick aufs Wasser und konnten mit eigenen Möbeln bestückt werden. Es gab einen Kiosk und einen Bus-Shuttle zum Einkauf im Supermarkt.

Was würde mit ihm in zehn Jahren sein? Allein in dem großen Haus in Poppenbüttel?

Das Zimmer seiner Mutter auf der Pflegestation war hell und freundlich eingerichtet, aber es ging nach Osten, kein Blick aufs Wasser, Blick ins Grüne, auf den Friedhof.

Bei seinem letzten Besuch hatte ihn Charlotte nicht erkannt. Entrüstet hatte sie seine Umarmung abgewehrt (»Was erlauben Sie sich, mein Herr?«).

Deshalb hielt Herr Johannson heute Abstand. Seinen Händedruck erwiderte sie und fragte höflich: »Mit wem habe ich das Vergnügen?«

Er wusste nicht, was er antworten sollte.

»Michael Johansson, Mutter, dein Sohn, Mutter.«

»Johannson? Was für ein Zufall! Mein Verlobter heißt genauso, Johannson, aus Lübeck, kennen Sie ihn vielleicht?«

Sie zögerte eine Weile und starrte ihn an.

»... Oder bist du es, Berthold? Ich bin ganz verwirrt.«

Sie schüttelte den Kopf, schaute ihn aber immer noch fragend an.

»Nein, Mutter, ich bin nicht Berthold, ich bin Michael!«

»Michael, ein schöner Name! Setzen Sie sich doch einen Moment zu mir und leisten Sie mir Gesellschaft!«

Sie war kleiner geworden, versank fast in dem wuchtigen Ohrensessel, der am Fenster stand. Aber ihr Gesicht strahlte Entschlossenheit aus wie früher.

Als er einen Stuhl heranzog und sich setzte, roch er es: Wie bei seinem letzten Besuch war ein deutlicher Uringeruch wahrzunehmen. Er würde die Schwestern darauf ansprechen müssen. Wie sagt man zu einer Fremden: ›Meine Mutter stinkt‹?

Die alte Dame sah aus dem Fenster und lächelte.

»Woran denkst du, Mutter?«

Keine Antwort.

»Schön, wie das Eis an den Zweigen glitzert, endlich haben wir mal wieder einen richtigen Winter!«

Keine Antwort.

»Annette ist nach Lanzarote gefahren, in unser Haus in Costa Teguise, weißt du noch, Mutter, das Haus auf Lanzarote?«

Keine Antwort.

»Mutter, hörst du mir überhaupt zu?«

Ohne den Blick von den winterlichen Bäumen zu wenden, sagte sie:

»Schön, dass Sie mich einmal besuchen, mein Herr.«
Herr Johannson schwieg.

Die Pflegedienstleitung bat ihn in ihr Büro.

»Ihre Mutter ist für ihre zweiundneunzig Jahre sehr kraftvoll und geschickt, wissen Sie? Diese Inkontinenzhöschen, Pampers, wie Sie sagen, erlebt sie als Fremdkörper. Deshalb zerreißt sie sie immer wieder in kleine Stücke oder sie zieht sich aus und läuft dann nackt durch die Wohneinheit. Ohne Inkontinenzmaterial ist sie bedeutend ruhiger. Wir führen sie jetzt regelmäßig zur Toilette, leider geht trotzdem ab und zu etwas daneben, aber ich bin sicher, Ihre Mutter fühlt sich so viel wohler. Selbstverständlich werde ich gleich jemanden bitten, sie umzukleiden, wenn Sie gerade Uringeruch bemerkt haben.«

Herr Johannson sagte nichts. Er schämte sich. Aber wofür eigentlich? Seine Mutter war krank. Er schämte sich trotzdem.

Die Pflegedienstleitung beugte sich über ihren Schreibtisch:
»Ich hoffe, Sie sind mit unserem Vorgehen einverstanden?«
Sie hatte ein ansprechendes Dekolleté.

»Wie? Ja, ja, natürlich.«

Er war erleichtert, als sich die Fahrstuhltür hinter ihm schloss. Auf dem Weg zum Parkplatz hatte er das Gefühl, als verfolge ihn der Uringeruch durch das offene Portal.

Melanie

Nein, so jemand war er doch nicht. Herr Johannson hatte Männer immer verachtet, die mit zunehmendem Alter langsam zu Witzfiguren wurden.

Sie war ein Kind, ein hübsches Kind, zugegeben, ein raffiniertes Kind, denn ihre Absichten waren Herrn Johannson überdeutlich.

Bisher war er unbestechlich gewesen.

Nur ein Kind, mit einer Haut aus Samt und Seide.

Er fand ihre Kleidung nicht seriös genug. Die T-Shirts zu weit ausgeschnitten, die Farben zu poppig. Und auch die Art, ihre Reize zur Schau zu stellen, wenn sie extra etwas fallen ließ, um es dann wieder aufheben zu können, oder wenn sie sich beim Blumengießen viel weiter vorbeugte, als es für diese Tätigkeit notwendig gewesen wäre.

Sie war so lebendig, ihre Bewegungen geschmeidiger, als er es je bei anderen Menschen beobachtet hatte. Das heißt, er beobachtete sie auch genauer als andere Menschen.

Und er verachtete sich dafür.

In der Nacht träumte er von ihr. Sie ritt auf ihm, über sich sah er nur ihre wippenden Brüste.

Er wachte auf und befriedigte seine Lust allein.

Annette kam ihm dabei nicht einmal in den Sinn.

Am nächsten Morgen brachte Melanie Jeus die Post. Sie sah aus wie achtzehn, aber laut ihren Unterlagen war sie Ende zwanzig, sie hatte etwas ungeheuer Junges an sich. Ein raffiniertes Kind. Herr Johannson vermied, in ihr Gesicht zu sehen. Sie hatte sehr gepflegte Hände, heute mit glitzerndem Nagellack, der in allen Farben schillerte. Auch die Bewegungen ihrer Hände schienen ihm glatter und schneller als bei anderen. Er widerstand dem Impuls, diese Hände zu berühren, obwohl Frau Jeus sie länger auf dem Schreibtisch neben der Post ließ, als müsse sie sich abstützen. Leicht nach vorn gebeugt, sank ihr Dekolleté genau in seine Augenhöhe.

»Die E-Mails habe ich Ihnen ausgedruckt und beigelegt«, sagte sie.

Er fand ihre Stimme immer noch zu hoch, das erinnerte ihn unangenehm an Verona!

Ob sie wohl beim Sex ohne Worte bleiben würde, um den Zauber nicht zu stören? Unwahrscheinlich.

Als sie zur Tür ging, sah er ihr nach. Sie wurde immer langsamer, wiegte mit den Hüften. Er sah auf ihren Nacken. Die Tür fiel ins Schloss.

Er starrte auf die geschlossene Tür, bis das Telefon klingelte.

Die viel zu hohe Stimme von Frau Jeus kündigte einen wichtigen Kunden an.

Herr Johannson funktionierte einwandfrei, war charmant wie immer und hielt es hinterher für eine Leistung, bei einem Telefonat funktioniert zu haben.

Was war nur los mit ihm?

Immobilienmakler Johannson, alteingesessen in der Stadt, erfolgreich seit über dreißig Jahren, Mitglied im Rotary Club und in der Kaufmannschaft, Träger des Bundesverdienstkreuzes, 62 Jahre, Herr Johannson saß in seinem Büro und taxierte seinen Schreibtisch, schwarz lackiert mit einer ausladend geschwungenen Platte. Würde seine Fitness ausreichen, um es auf einem Schreibtisch mit ihr zu treiben? Ihre eindeutigen Signale hatten dazu geführt, dass er sich jünger fühlte, lebendig. Eigentlich war er ja auch ganz gut erhalten: wenige graue Strähnen im vollen braunen Haar, die Augen, dunkler blau als die Augen seiner Mutter, konnten strahlen, und er hatte das Gefühl, dass sie das im Moment durchaus taten. Mit ihren hohen Absätzen überragte ihn Melanie um ein paar Zentimeter, er war nicht groß, 1,75, jedenfalls früher gewesen, untersetzt, breitschultrig, aber nicht dick, nein, nicht dick. Die Anzüge kaufte er meistens bei Dietz & Weinkauf, Anzüge von Hans Bäumler, nicht die bekannteste Marke, aber perfekter Sitz, trotz seines untersetzten Körperbaus, wie maßgeschneidert, dezent, zeitlos elegant. Und dann die Krawatte: auf die Auswahl dieses Accessoires legte Herr Johannson besonderen Wert. Er besaß eine exzellente Sammlung von Seidenkrawatten in jeglicher Farbschattierung, Raritäten darunter mit sehr ausgefallenem Design. Die genaue Farbabstimmung zwischen Anzug und Hemd, die Reminiszenz an den jeweiligen gesellschaftlichen Rahmen, ein Abbild des Lebensgefühls, der Stimmung, die Krawatte war das universelle Instrument, jede Nuance im Leben mit Stil auszudrücken. Heute trug er einen dunkelblauen Anzug mit einem hellblauen Hemd, die Paisley-Krawatte in verschiedenen Blauabstufungen mit kleinen ockerfarbenen Sprenkeln darin. Doch, damit konnte er sich sehen lassen und es mit manch Jüngerem aufnehmen.

Vielleicht war er in letzter Zeit ab und zu etwas überarbeitet, ... nicht mehr so viel Biss wie früher? Er wollte sich nicht lächerlich machen.

Er würde sich nicht lächerlich machen. Er versuchte, seinen Zügen einen strafferen Ausdruck zu geben. Er wusste, wenn er ein Lächeln nur andeutete, erschienen seine Grübchen, die buschigen Augenbrauen leicht hochgezogen ..., Kundinnen konnte er damit leicht auf seine Seite ziehen. Es gab eben immer wieder junge Frauen, die reifere Männer bevorzugten. Melanie Jeus gehörte offensichtlich dazu. Über die geschlossene Postmappe hinweg konnte er an nichts anderes mehr denken. Die Signale dieses raffinierten Kindes waren ja wohl an Eindeutigkeit nicht mehr zu überbieten!

Es war unausweichlich.

Er würde ihr andere Kleidung besorgen müssen.

Er würde ihr eine Wohnung finanzieren müssen.

Er würde erpressbar, ihr völlig ausgeliefert sein, einem raffinierten Kind.

Aber es war unausweichlich.

Er atmete tief durch und ging dann hinüber, um sie auf ein Wort kurz in sein Büro zu bitten.

Projekt

Der BMW surrte leise über die A23 Richtung Norden. Herr Johannson sah in den Himmel. So ein Wetter wünschte er sich, wenn er demnächst mit den ersten Kunden den Weg dort hinaus machen würde. Wind, Sonne und weiße Wolken. Der Landwirt Hennings aus einem kleinen Dorf bei Pinneberg hatte eine geniale Idee gehabt und Herr Johannson war ihm bei der Suche nach Investoren und Architekten behilflich gewesen. Schon länger hatte dieser Hofbesitzer es verstanden, aus der idyllischen Lage und der alten Bausubstanz seiner Gebäude Kapital zu schlagen. Reiterhof und Tennisanlage liefen seit Jahren mit guter Rendite, das alte Bauernhaus, Baujahr 1780, mit Reetdach und großer Diele war umfunktioniert zum Vereinshaus und Café. Nun aber plante man Wohnmöglichkeiten für stadtmüde, betuchte Hamburger. Die Anbindung an die A23 war gut, die Innenstadt im günstigsten Fall in einer halben Stunde zu erreichen. Auf Anregung von Herrn Johannson hatte man sich für ein Ensemble von unterschiedlichen Wohneinheiten mit Dorfcharakter entschieden, ein ›Dorf im Dorf‹. Einfamilienhäuser, die von den zukünftigen Besitzern mit planbar sein sollten, auch einige sehr kleine Häuser für ein oder zwei Personen gedacht, die sich nach eigenem Grün sehnten, dazu Apartments und großzügige Wohnungen über zwei Etagen. Keine Reihenhäuser, nur Immobilien des gehobenen Segments. Der Weg bis zur Baugenehmigung war ein langer Kampf gewesen, dabei war es aber immerhin hilfreich, dass man alle Bauten mit Reetdach und Klinker konzipiert hatte, angepasst an die ursprüngliche Hofanlage. Letztlich wurde das Ganze sogar als Modell für den Kreis Pinneberg ausgewiesen.

Der Spatenstich für die zwei Apartmenthäuser war bereits erfolgt. Interessenten für gehobenes Landleben gab es eigentlich immer. So hatte Herr Johannson auch im Moment eine Warteliste mit verschiedensten Kunden. Bei der heutigen Besprechung mit dem Architekturbüro und dem Landwirt erhoffte er sich grünes Licht für die ersten Besichtigungstermine. Außerdem war das Wetter perfekt, um noch ein paar neue Fotos von dem alten Hof und der Umgebung zu machen.

Kein Stau auf der A23, er drehte die Oldies im Radio lauter. Herr Johannson war heute sehr zufrieden.

Auf dem weiten Hofplatz der Familie Hennings ließ er den BMW ausrollen. Er stieg aus, die Autotür fiel ins Schloss, er liebte den Klang der BMW-Türen, so kraftvoll und satt. Trotz der Kälte war die Dielentür weit geöffnet. Ein Kind kam herausgestürmt und hielt direkt auf Herrn Johannson zu. Er konnte das Alter von Kleinkindern schlecht schätzen, der Junge war recht sicher auf den Beinen, vielleicht drei Jahre alt. Noch im Laufen schrie er: »Opa, Opa!«

Er umklammerte Herrn Johannsons Hosenbein, dann schaute er mit großen Augen an ihm hoch: »Bist du mein zweiter Opa aus'm Himmel?«

Herr Johannson beugte sich hinunter und versuchte, sich aus der Umklammerung der nicht sehr sauberen kleinen Hände zu lösen.

»Wie kommst du denn darauf, junger Mann?«

Er ging in die Hocke, um dem Kind in die Augen zu sehen.

»Ja, der Lasse, der hat zwei Opas und die sind beide so cool, und ich hab nur einen und der wohnt ganz weit weg und ich will einen Opa hier bei Oma Gabi, und Mama hat gesagt ...«

»Das tut mir leid ...«, versuchte Herr Johannson den Redeschwall zu unterbrechen.

Frau Hennings trat aus dem Haus: »Leon, was machst du da? Entschuldigen Sie, Herr Johannson, erst mal herzlich willkommen, mein Mann ist noch kurz draußen bei den Tennisplätzen, er wird sicher gleich hier sein.«

»Was meint der Junge? Er hätte gern einen zweiten Opa?«

»Ist das der Opa aus'm Himmel?«

»Oh Gott, Leon, was redest du? Das ist mir jetzt peinlich, Herr Johannson, das Kind ist seit ein paar Tagen von dieser Idee besessen. Mein Schwiegervater ist schon vor Jahren an Krebs gestorben, er war erst fünfzig, und Leon macht sich so viele Gedanken. Ich wusste nicht, wie ich das mit dem Tod erklären sollte. Na, und als er dann gar keine

Ruhe gab, ob der Opa denn nie, nie wiederkäme, da hab ich schließlich gesagt, man weiß ja nie ...«

Sie nahm ihren Sohn auf den Arm.

»Ach Leon, das ist nicht dein Opa, das ist Herr Johannson, der Papa hilft, viele tolle neue Häuser zu bauen, in die dann viele nette Kinder mit ihren Eltern einziehen können.«

Der Junge sah sehr traurig aus und flüsterte seiner Mutter etwas ins Ohr. Frau Hennings seufzte.

»Das musst du Herrn Johannson fragen, ob du trotzdem Opa zu ihm sagen darfst!«

Das Kind schien plötzlich schüchtern und vergrub sein Gesicht am Hals der Mutter. Herr Johannson legte seine Stirn in Falten und lächelte. Er hätte jetzt etwas Humorvolles sagen sollen, aber ihm fiel nichts ein. Irgendetwas in ihm sträubte sich, dem Kind zu erlauben, ihn Opa zu nennen.

Er war sehr froh, Herrn Hennings an der Ecke des Hofplatzes zu erspähen. Er ging ihm einige Schritte entgegen. In dem Moment klingelte sein Handy. Er grüßte Herrn Hennings mit Handzeichen und deutete auf das Telefon.

»Johannson?«

»Herr Johannson, guten Morgen, hier ist die Seniorenresidenz ›Am Hafen‹, Bergmeister, ich bin die Pflegedienstleitung, Herr Johannson, es tut mir sehr leid, ich habe eine traurige Mitteilung für Sie ...«

Maisonette

Melanie tat ihm gut, egal, welche Motivation auch immer sie für ihr sehr zuvorkommendes Wesen haben mochte. Es war, als könnte sie Spannkraft auf ihn übertragen, diese Lebendigkeit, sie beflügelte ihn geradezu! Beim ersten Mal in seinem Büro hatte er im entscheidenden Moment an Hexenschuss gedacht, in welch peinliche Situation hätte er sich da leicht bringen können! Es aber dann vollbracht zu haben, und offensichtlich durchaus zur Zufriedenheit der jungen Dame – denn Melanie lud ihn zu sich nach Hause ein – das war schon ein ›verdammt gutes Gefühl‹! Er hatte allerdings für die folgenden Treffen ein diskretes Hotelzimmer bevorzugt. Der Gedanke an das ›verdammt gute Gefühl‹ zauberte Herrn Johannson ein Lächeln auf die Lippen, mit dem er Börnsens Büro betrat.

»Börnsen, Sie haben doch bestimmt noch ein paar von den Maisonette-Wohnungen am Vasco-da-Gama-Platz zur Vermietung! Davon brauche ich jetzt eine kurzfristig für mich. Ich habe beschlossen, mir eine Stadtwohnung einzurichten. Jeden Tag im Stau, eine halbe Stunde, manchmal eine Stunde nach Poppenbüttel, das ist doch Quatsch, besonders, wenn meine Frau immer mehr Zeit auf Lanzarote verbringt.«

Er war sich sicher, dass Börnsen trotz seiner schwungvollen Rede ahnen würde, dass es um Melanie ging, aber das nahm er in Kauf.

Erstaunlicherweise reagierte Börnsen aber nicht witzig-ironisch, machte keinerlei Andeutungen, sondern tat so, als sei er gerade in Gedanken bei einem Projekt gewesen und habe deshalb nicht genau zugehört.

»Eine Stadtwohnung, sagen Sie?«

Er rückte den Flachbildschirm näher zu sich heran, damit Herr Johannson auf keinen Fall Einblick nehmen konnte.

»Natürlich, Herr Johannson, da haben wir doch immer etwas, zur Miete, sagen Sie?«

»Sie haben mich nicht verstanden, Börnsen. Ich rede vom Vasco-da-Gama-Platz in der Hafen-City. Wir haben dort insgesamt 86 Wohnungen unter Vertrag genommen, ich habe selbst unterzeichnet! Und wenn ich Ihnen sage, dass ich dort eine Maisonette-Wohnung mit schönem Ausblick mieten möchte, dann zeigen Sie mir nicht irgendetwas!«

Börnsen räusperte sich.

»Ja sicher, Herr Johannson, auch dort sind natürlich noch Wohnungen frei, es ist nur, gerade die Maisonettes ..., die sind sehr begehrt ...«

»Haben Sie eine zweistöckige mit Blick auf den Hafen, ja oder nein?«

»Hmm ...«, Börnsen tat, als müsste er in seinem PC herumsuchen.

»Ich habe da gerade eine nette Altbauwohnung in Sankt Georg herein bekommen, höchstens fünf Minuten zu Fuß vom Afrikahaus entfernt ...«

»Herr Börnsen!«

Er war sicher, dass Börnsen längst nicht alle Wohnungen am Vasco-da-Gama-Platz vermietet haben konnte.

»Also, noch mal: ich habe beschlossen, mir eine Stadtwohnung zuzulegen, und zwar in der Hafencity, nicht in Sankt Georg, am liebsten eine kleine Maisonette, mit einem schönen Blick aufs Wasser, suchen Sie mir raus, was in Frage kommt, und drucken Sie mir die Exposés aus. Das kann doch nicht so schwierig sein!«

Börnsen suchte weiter nach Ausflüchten: »Ich habe da einige unsichere Vormerkungen ...«

»Börnsen, ich bitte Sie, was ist mit Ihnen los? Jetzt haben Sie eine sichere Vormerkung! Drucken Sie mir die entsprechenden Unterlagen aus und zwar sofort!«

Damit verließ er kopfschüttelnd Börnsens Büro.

Später im Auto auf dem Weg zu einem Kunden dachte er noch einmal über das Gespräch mit Börnsen nach. So kannte er seinen besten Mann gar nicht. So zurückhaltend, geradezu mürrisch und verschlossen war er ihm vorgekommen. Sonst störte ihn eher, dass Börnsen betont zuvorkommend und höflich ihm gegenüber war, oft kam ihm das aufgesetzt und verlogen vor. Aber heute ..., oder hatte es an ihm selbst gelegen? In letzter Zeit hatte er häufiger Probleme mit der Kommunikation. Als wenn beim Gegenüber nicht mehr das ankam, was Herr Johannson eigentlich sagen wollte. Vielleicht war ja gar nicht Börnsen zerstreut und unkonzentriert gewesen, sondern er selbst? Nein, das konnte nicht sein. Oder doch? Bei Kundengesprächen zum Beispiel überlegte er sich immer genau vorher, was er sagen wollte. In letzter Zeit hörte er sich dann manchmal reden – und es war genau das, was er sich vorgenommen hatte zu sagen – aber die Kunden schienen ihn nicht zu verstehen, waren abwesend. So war zumindest sein Eindruck. Wenn es aber nun doch das Alter war, sein Alter, was sich da störend zwischen ihn und die anderen schob? Oder war es sogar mehr, was sich veränderte, mehr als nur die Tatsache, dass er nicht mehr der Jüngste war? Als wenn die Gedanken nicht selbstverständlich abliefen, es gab Momente, in denen er sich misstraute, Entscheidungen überprüfen musste, Äußerungen tat, die er so gar nicht sagen wollte. Würde er demnächst die Kontrolle über seine Kommunikation verlieren?

Ach Unsinn, es war eindeutig Börnsen, der einen schlechten Tag gehabt hatte.

Vasco-da-Gama-Platz

Auf das Klingelschild der neuen Wohnung hatte sie M. J. gravieren lassen.
(»Ein Wink des Schicksals, so seltene Initialen! Das verbindet uns für immer!«)
Der Anblick war ihm peinlich. Eigentlich gar nicht von Belang, die gleichen Initialen, ein dummer Zufall, der jedoch einen falschen Eindruck hinterließ. Es hatte etwas von Jugendlichen, die ein Herz in eine Parkbank schnitzen. Herrn Johannson war nicht nach Schwärmerei zumute. Dieses Kind ergriff in einer Weise Besitz von ihm und seinem Leben, die ihm unangenehm war. Sie wollte nicht nur shoppen gehen und ins Theater ausgeführt werden. Damit hatte er gerechnet. Sie bekochte ihn mit Vier-Gänge-Menüs und Herr Johannson staunte über ihre Kochkünste. Sie überredete ihn, mit ihr schwimmen und tanzen zu gehen, und brachte ihn dazu, über Stunden Freude an der Bewegung zu empfinden. Im Nachhinein hatte er dann kopfschüttelnd Mühe, sich wieder in seiner ›No-Sports-Philosophie‹ einzurichten. Gelegentlich wagte sie sogar, etwas zu seinem Äußeren zu sagen.
(»Willst du dir nicht mal ein paar schickere Schuhe kaufen? Das würde total gut zu deinen tollen Krawatten passen!«)
Das missbilligte Herr Johannson entschieden.
Dafür entsprach die neue Wohnung exakt seinen Vorstellungen. Helle Räume, klare Linien. Genau die Gegend, die er sich vorgestellt hatte, das Gebäude etwas nach hinten versetzt, Wellness-Oase mit Schwimmbad im Haus, 90 qm Galeriewohnung, große Fensterfront über die zwei Ebenen, bis 5 Meter Raumhöhe, Parkett, Bäder mit Naturstein, unten ein großer Raum mit offener Pantry-Küche, Balkon, freie Metalltreppe nach oben auf die Galerie mit Schlafbereich und Blick zur Elbe, an der Seite der Galerie ein abgeschlossenes Bad und ein kleines Ankleidezimmer, 2000 € warm.
Er hatte das Kingsize-Bett nah ans Fenster stellen lassen. Man war dort genau auf Augenhöhe mit der Brücke der großen Containerschiffe.

Herr Johannson fand den Gedanken reizvoll, mit einem Fernglas von einer Schiffsbrücke aus beobachtbar zu sein. Sogar nach Bebauung des Strandkais würde der Blick zur Elbe von hier aus frei bleiben. Er würde Melanie davon abhalten müssen, zu viele Jalousien oder gar Gardinen zu besorgen.

Den Ess- und Wohnbereich hatte er mit weißem Leder ausgestattet, die Einbauküche ebenfalls ganz in Weiß. Er duldete, dass Melanie farbenfrohes Geschirr kaufte und die Betten mit lila Satin bezog. Aus ihrer alten Wohnung brachte sie kaum etwas mit. Lediglich ihr Besitz an Kleidung und Schuhen war umfangreich. Die Schränke im Ankleidezimmer reichten knapp aus.

Wenn sie ausgehen wollten, zog sie sich in der oberen Etage um und schritt dann wie ein Show-Girl die Treppe hinunter. Herr Johannson saß auf dem Sofa und sah von der Zeitung auf. Melanies Fußgelenke in roten Schuhen, Beine im Seidenglanz, der Hüftschwung, der schwarze Stoff, der sich wie eine zweite Haut bewegte, die Hand wie zufällig seitlich am Hals.

Herr Johannson vergaß zu atmen. Am liebsten hätte er sie gebeten, sich umzuziehen, nur damit er sie noch einmal betrachten konnte, wie sie die Metalltreppe hinunterschwebte.

Er blieb nur selten über Nacht. Und wenn, dann an den Wochenenden. Er mochte sich nicht vorstellen, mit Melanie gemeinsam zur Arbeit aufzubrechen, noch weniger, mit Melanie gemeinsam im Büro anzukommen. Und vor oder nach ihr das Haus zu verlassen, fand er albern. Es war unordentlich, also schlief er lieber in Poppenbüttel.

Herr Johannson ging über den Vasco-da-Gama-Platz bis zur Elbe. Der Wind erfasste ihn, bevor er an der Baustelle der Philharmonie vorbei nach Westen sehen konnte. Er dachte an Melanie, wie sie sich bog, sich schmiegte, sich entzog, sich hingab. So geschmeidig in ihrer bronzenen Haut.

Der Wind sang in den Fahnenmasten. Hafengeräusche vom Arning-Kai. Ein Containerschiff unter Flutlicht beladen. Nachts um vier.

Herr Johannson hatte lange aufrecht im Bett auf der Empore gesessen und keinen Schlaf gefunden. Melanie lag eingerollt wie eine zufriedene Katze neben ihm. Wenn er genau hinhörte, schnurrte sie sogar, als Schnarchen konnte man das nicht bezeichnen, so leise. Er hatte ihr schlafendes Gesicht betrachtet, das in den Lichtern des Hafens schimmerte und je nach Lichteinfall unterschiedliche Züge einzunehmen schien.

Herr Johannson rauchte schon seit vielen Jahren nicht mehr, manchmal vermisste er es.

Dann war dieses Gefühl wieder da gewesen, was ihn immer häufiger nach dem Sex einholte: nackt zu sein.

Im Gegensatz zu ihr, ihrem makellosen Körper, mochte er sich selbst nicht mehr ansehen, nackt sein, schutzlos, zu viel Wirklichkeit, altersnackt.

Vor dem Sex auf der Empore trug ihn die Fantasie, ein fremder Schiffsoffizier habe nichts anderes zu tun, als sich mit seinem Fernglas als Spanner am Vasco-da-Gama-Platz zu betätigen, nach dem Sex fühlte er sich nackt.

Erst hatte er die Bettdecke höher gezogen, um die Kälte auf der Haut zu besänftigen, bald aber, als er sicher war, dass Melanie schlief, hatte er seinem Bedürfnis nachgegeben, aufzustehen und sich anzukleiden.

Nachts um vier an der Elbe. Der Wind ließ ihn seine Haut spüren, durch Hemd und Hose hindurch war es ein gutes Gefühl. Der Stoff tat seiner Haut gut. Herr Johannson war allein. Er breitete die Arme aus und legte sich schräg in den Wind. So etwas wie Glück. Melanie und der Wind nachts um vier.

Rotary Club

Im Rotary Club wurde an diesem Dienstag ein Vortrag über die Fortschritte der Elbphilharmonie gehalten.

Ein Meilenstein moderner Architektur, Alt und Neu verbinden sich in einer aufregenden Synthese; zukunftsweisende Technik und übersinnliche Schönheit! Der Kulturdom des einundzwanzigsten Jahrhunderts.

Kein Wort über die endlosen Querelen zwischen Baufirma und Stadtverwaltung, keine Rede von den Finanzierungslöchern, in denen ganz Hamburg versank. Oder sollte so ein Vortrag ein dezenter Hinweis darauf sein, wie heute Kunstförderung im Rotary Club zu verstehen war? Die Hermann-Reemtsma-Stiftung hatte bereits zehn Millionen für die Elbphilharmonie locker gemacht. Sollte man dieses Fass ohne Boden wirklich von privater Hand subventionieren? Früher hatte man im Rotary Club unbekannten Künstlern zum Durchbruch verholfen, heute liefen unter den Mitgliedern hochkarätige Wetten, ob die Kosten für die Elbphilharmonie die 500-Millionen-Euro-Grenze wohl doch überschreiten würden. Natürlich gab es wie früher karitative Projekte im eigentlichen Sinne: Obdachlosenhilfe, Knochenmarkspende-Dateien, Jugendarbeit und Alphabetisierungsprogramme in Asien und Afrika, aber wer war daran interessiert? Eine Mitgliedschaft im Rotary Club war erstrebenswert, weil man gesehen werden musste. Das wohlige Gefühl, etwas Gutes zu tun, war zumindest Herrn Johannson schon seit langem abhanden gekommen. Der Stolz, dazu zu gehören, es geschafft zu haben, war längst verdrängt von Langeweile und Überdruss.

Im Foyer hielt ihn John Ortmann auf:

»Freund Johannson, hast du einen Moment? Lass uns doch zusammen was essen, ich lade dich ein.«

Der Ältere legte ihm jovial die Hand auf die Schulter. Herr Johannson zuckte unmerklich. Er hasste derartige körperliche Annäherungen. Aber Ortmann war einer seiner besten Kunden, schon über siebzig und immer noch aktiv als Aufsichtsratsvorsitzender. Er legte seit Arnold Winklers Zeiten überschüssiges Kapital regelmäßig in Immobilien an und der beginnende Aufschwung hatte möglicherweise schon wieder einige Kapazitäten in der Ortmann-Gruppe freigesetzt.

Natürlich ging er mit ihm essen.

»Michael, ich hab' den Tipp von Linde, erklär' mir das doch mal genau, wie das mit der Vermietung an diese, na, ich sag mal, Edelnutten läuft ..., dass du mir nie davon erzählt hast, da müsste ich dir fast böse sein, du solltest doch am besten wissen, dass ich einer guten Rendite nie abgeneigt bin ...«

Ortmann kokettierte noch eine Weile mit ihrer guten Freundschaft, den Geschäften damals mit dem alten Arnold und so weiter.

In Herr Johannsons Gehirn sprangen die Begriffe hin und her ... »Vermietung« ... »Edelnutten« ...

Es fand sich keine Stelle, an der man hätte einhaken können ... »Linde« ... Günter Linde, der Kaffeemogul? Das war oberste Liga, mit ihm hatte Herr Johannson nur einmal vor vielen Jahren ein Geschäft gemacht. Fieberhaft suchte er nach einer Entsprechung, fand aber nichts. Konnte er sich nicht mehr auf sein Gedächtnis verlassen? Es war nicht das erste Mal, dass er den Eindruck hatte, in seinem Gehirn verändere sich etwas, es funktionierte nicht mehr selbstverständlich. Er musste sich anstrengen und selbst das führte nicht immer zum Erfolg.

Glücklicherweise kam die Vorspeise.

»Edelnutten?«

Er bemühte sich um einen belanglosen Ton.

»Na, du weißt schon, erstklassige Immobilien zu anständigen Preisen, wie natürlich immer bei euch ...«, Ortmann beugte sich vor und legte schon wieder seine Hand auf Herrn Johannsons Unterarm. Immerhin konnte er sich entziehen, um sich den Jakobsmuscheln auf Rucola zu widmen.

»... und dann eben die Garantie, dass die Damen, die ihr als Mieter beschafft, Kontaktservice oder was weiß ich, jedenfalls eine deutlich höhere Miete zahlen!«

Vor Herrn Johannsons innerem Auge tauchte Börnsens Gesicht auf. Wenn überhaupt irgendetwas an der Sache dran war ...

»Mensch, Michael, jetzt zier dich doch nicht so! Ist doch nicht illegal, jeder wird zufrieden gestellt, eine Win-win-Situation nennt man das heutzutage! Du kannst mir vertrauen, ich werde euren exzellenten Ruf sicher nicht beschädigen, das weißt du doch! Also, wenn du mal wieder ein passendes Objekt an der Hand hast, lass es mich wissen!«

Börnsen.

Arztbesuch

Er hatte einen Termin bei Dr. Karl Voecklinghaus, hervorragender Internist, Rotarybruder, Immobilienkunde und seit langen Jahren ein guter Freund. Zumindest früher ein guter Freund. Seit Karl von seiner Sandra geschieden war, sahen sie sich eigentlich nur noch bei den Treffen im Rotary Club und auf Annettes Nikolaus-Geburtstagsfeier. Ohne die beiden Frauen fehlte der Impuls, sich zu anderen Gelegenheiten zu verabreden. Aber auf jeden Fall war Karl ein guter Arzt.

»Also, Michael, die körperliche Untersuchung und das Belastungs-EKG geben nichts her. Ich kenne nicht viele Zweiundsechzigjährige, die so unsportlich und dabei so gesund sind wie du.«

Herr Johannson erwiderte Karls Lächeln nicht.

»Karl, mir ist nicht gut. Ich bin unkonzentriert. Ich kann nicht klar denken, wie im Nebel. Und der Körper ..., keine Kraft ..., irgendwas ist anders, es fühlt sich an wie Krebs. Der eigene Körper fühlt sich anders an, zerfressen.«

Der Arzt schaute ihn über den Rand seiner Lesebrille an.

»Besonders das Gehirn, ich will nicht sagen zerfressen, eher zerfasert. Ein Hirntumor ..., Karl, wie fühlt sich ein Hirntumor an?«

Herr Johannson atmete tief aus. Zum ersten Mal hatte er das Wort ›Hirntumor‹ laut ausgesprochen. Er war erleichtert, fast, als wenn es von nun an nicht mehr sein Problem war.

Karl schaute ihn ernst, aber auch verständnislos an:

»Wie kommst du denn darauf, hast du Kopfschmerzen?«

»Kopfschmerzen? Nein, anders, es sind keine Schmerzen.«

»Oder Sehstörungen, hast du mal Lichtblitze gesehen oder bist du in letzter Zeit in Ohnmacht gefallen?«

»Nein.«

»Vielleicht Übelkeit? Oder Sprachstörungen, obwohl, ich habe nichts dergleichen bemerkt.«

Der Arzt schüttelte den Kopf.

»Egal, wir werden dich ganz durchchecken, damit wir nichts übersehen. Labor mit Tumormarkern, Thorax-Röntgen ..., rauchst du eigentlich noch? Oberbauch-Sono und so weiter. Ich schicke dich zum Neurologen, dass er zumindest ein EEG macht. Aber damit wir uns richtig verstehen, einen echten Anhaltspunkt für Krebs sehe ich nicht, alles nur zu deiner Beruhigung, o.k.?«

Herr Johannson schwieg einen Moment. Sprachstörungen, dachte er, das ist es ...

»Ja, Sprachstörungen ...«

»Du hast Sprachstörungen? Inwiefern? Du hast keine Wortfindungsstörungen, drückst dich verständlich aus. Was für Sprachstörungen?«

»Sprachstörungen eben ..., die Sprache entspricht nicht mehr meinen Gedanken, die Gedanken sind anders. Die Sprache hat sich abgelöst, funktioniert automatisch.«

»Mir scheint, du bist einfach nur etwas überarbeitet. Wann warst du das letzte Mal in eurem Haus auf Lanzarote? Weißt du noch, als wir einmal gemeinsam dort waren, mit Annette und Sandra? Der Blick über die Klippen, das aufgewühlte Meer, ach, beeindruckend.«

Das Haus auf Lanzarote. Arnold hatte es ausdrücklich ihnen beiden zu gleichen Teilen vererbt ... ›Annette und meinem lieben Schwiegersohn Michael ... zu gleichen Teilen‹.

Er war wirklich sehr lange nicht mehr dort gewesen. Annette veranstaltete Kreativkurse auf Lanzarote, Acrylmalerei, nein, keine Kurse, Treffen gleichgesinnter Künstlerinnen ... und Künstler. Das Haus war im Stil von César Manrique erbaut, dem berühmten Architekten der Insel Lanzarote, nicht von ihm selbst entworfen, aber in seinem Stil, früher etwas Besonders, heute sah die ganze Insel so aus. Kitsch zwischen Mauren, Spaniern und Hundertwasser, Türmchen und schiefe Wände, keine Klarheit. Ursprünglich war das Haus eine von drei auf den Klippen erbauten Villen gewesen, weit außerhalb von Costa Teguise, Anfang der Siebziger, als der Tourismus auf den Kanarischen Inseln in den Kinderschuhen steckte. Heute reichte das letzte Aparthotel mit seiner Bungalowsiedlung bis auf hundert Meter an das Haus heran und in der kleinen Bucht, in der man früher ungesehen baden konnte, hatten sie eine Marina angelegt mit schickem Bootssteg und einer Tapasbar. Aber der Blick über die Klippen war immer noch atemberaubend, da hatte Karl recht.

Wann war er das letzte Mal verreist? Weiter weg als Timmendorfer Strand? Vor zwei Jahren war er mit Annette eine Woche in Erfurt, Weimar und Dresden gewesen, oder war es schon drei Jahre her? Im Bauhausmuseum in Weimar, er hatte sich so viel davon versprochen. Immerhin war Weimar die Geburtsstadt des Bauhauses. Das Museum war enttäuschend klein, in dem einzigen Museumsraum hatte er lediglich den Stuhl von Marcel Breuer gefunden, das Ursprungsmodell seiner Stühle im Konferenzraum. Ansonsten ein wenig Malerei, jedoch auch nur untergeordnete Werke von Klee und Feininger, kaum Architektur oder Interieur. Wie viel beeindruckender war Dessau gewesen, das er schon vor zehn Jahren besucht hatte! Die Meisterhäuser wurden damals renoviert. Gropius, Klee und Kandinsky hatten dort um 1930 gewohnt. Welch eine Architektur! Schlichte weiße Schönheit!

Weimar war ihm trotzdem in guter Erinnerung geblieben, nicht nur, weil es ein Städtchen mit imposantem historischem und kulturellem Rahmen und dazu noch mit guten Restaurants war, sondern auch, weil sie der Zufall gleich nach dem Besuch des Bauhausmuseums in eine schmale Gasse unterhalb des Palais mit dem kleinsten größten Krawattenladen der Welt geführt hatte. Eine echte Fundgrube! Annette hatte ihn ausgelacht und sich in der Nähe in ein Café gesetzt, wo sie auf ihn wartete. Und er hatte geschwelgt in Seide und Satin, Formen und Farben. Als schönes teures Souvenir war ihm eine seiner Lieblingskrawatten geblieben: gelbe Seide, das Paisleymuster im gleichen Ton, changierende Goldtöne. Je nachdem wie das Licht darauf fiel, war das Muster kaum wahrnehmbar, dann wieder deutlich hervortretend.

Aber Dessau, vielleicht sollte er noch einmal nach Dessau fahren. Er hatte gelesen, dass man dort jetzt ein Besucherzentrum eröffnet hatte mit eintausend verschiedenen Objekten aus dem Bereich Produktdesign. Herrn Johannson gefiel die Grundidee der Bauhauskünstler, die

Trennung zwischen bildender Kunst, Architektur und Industriedesign aufzuheben. Ästhetik und künstlerischer Ausdruck sollten ausschließlich von der Funktion geprägt sein, Funktionierendes ist schön, die Zweckmäßigkeit der Kunst. Ein letztes Mal nach Dessau?

»Was ist, Michael, träumst du? Ich glaube, du bist wirklich urlaubsreif.«
Herr Johannson nickte. Er wusste, dass Karl das Eigentliche nicht begreifen würde. Er konnte ja selbst nicht in Worte fassen, was sich verändert hatte.

»Du musst nächste Woche wieder kommen, zur Blutentnahme, am besten gleich Montagmorgen, nüchtern, hörst du?«

»Ja, Karl, geht klar, und vielen Dank!«

»Nichts zu danken, wir sehen uns morgen im Rotary Cklub?«

»Ja, bestimmt.«

Herr Johannson erhob sich aus dem unbequemen Patientenstuhl.

»Und diese Sprachstörungen, kommen die öfter bei Hirntumoren vor?«

Der Arzt war ebenfalls aufgestanden.

»Jetzt hör aber auf! Du hast keine Sprachstörungen und du hast keinen Tumor, ich werde es dir beweisen. Du musst mal entspannen, versprich mir, dass du kürzer trittst!«

»Ich arbeite gar nicht so viel, ehrlich.«

Für sich dachte Herr Johannson: eigentlich immer weniger in letzter Zeit, und ich weiß nicht einmal, warum.

»Ha, wer's glaubt!«, der Arzt lachte und reichte ihm die Hand über den Schreibtisch hinweg, »bis morgen im Rotary.«

Der Rotary Club hatte Herrn Johannson einst viel bedeutet. Natürlich war es Arnold Winkler gewesen, der ihn Ende der siebziger Jahre dort eingeführt hatte. Damals war der Rotary Club am Steintor stark geprägt durch die Künstler, die ihn 1955 begründet hatten. Gyula Trebitsch, den berühmten Filmproduzenten, hatte er selbst noch kennengelernt. Für die Projekte zur Künstlerförderung hatte sich Herr Johannson früher intensiv engagiert, seine ehrenamtliche Arbeit für die Hamburger Rotary-Stiftung hatte ihm schließlich das Bundesverdienstkreuz eingetragen. Das war lange her.

Friedhof

Herr Johannson fuhr am Friedhof vorbei. Einfach die Travemünder Allee immer weiter geradeaus. Auf der Travemünder Allee in Lübeck musste er an die Buddenbrooks denken. Die alten Villen, der solide Schein des Bürgertums. Tony Buddenbrook fährt mit der Kutsche in die Sommerfrische, mit der Fähre über die Trave.

Herr Johannson fuhr ans Meer, wie Tony. Durch den Tunnel unter der Trave. Nicht in der Kutsche, im BMW.

Das Grab konnte er auch am späten Nachmittag besuchen. Wenn er schon mal in Lübeck war ..., Karl hatte ja gemeint, er solle etwas kürzer treten.

Er schaute aufs Meer, die Ostsee war grau, der Himmel auch. Der Geruch von Salz und Tang breitete sich in seinem Gehirn aus. Da war es wieder, das Gefühl der Leere im Kopf, als wenn alle Gedanken zerfaserten und zerrissen wie mürber alter Stoff.

Herr Johannson saß unterhalb des Brodtener Steilufers auf einem Baumstamm und warf Kieselsteine in die Ostsee. Er beobachtete das Spiel der kreisförmigen Wellen und dachte über die Frage nach: Ist man ein komischer Alter, wenn man an einem grauen Mittwochnachmittag Steine in die Ostsee wirft? Wann soll man die Dinge tun, nach denen einem gerade der Sinn steht, um vor dem Tode einmal echt gewesen zu sein? Wann ist vor dem Tod? Echt sein, sich treiben lassen und nur dem inneren Impuls folgen. Er könnte aufstehen und flache Steine über das Wasser springen lassen. Das hatte er allerdings auch als Kind nicht gut gekonnt. Er redete sich ein, dass er deshalb sitzen blieb, er würde es doch jetzt auch nicht können. Er drehte sich um und suchte den Höhenweg auf dem Steilufer ab. Es war niemand zu sehen. Wann ist man echt, authentisch? Er zögerte. Ist man noch echt, wenn man sich zwingen muss, echt zu sein? Wovor fürchtete er sich? Sich vor sich selbst lächerlich zu machen, weil er kein Talent hatte, Steine über das Wasser springen zu lassen? Ach, Unsinn.

Er steckte die flachen Kiesel in seine Manteltasche und ging zurück zu seinem Wagen.

In der Nähe des Friedhofs hielt er in einer Seitenstraße auf einem Anwohner-Parkplatz. An der Ecke zur Travemünder Allee war ein Blumenladen. Er kaufte einen Strauß Rosen, knallrote Rosen. Er wollte seiner Mutter keine Friedhofsblumen mitbringen.

Es war sein erster Besuch am Grab seiner Eltern seit Charlottes Beerdigung. Er ging den langen Weg auf die Friedhofskapelle zu. Er war sich nicht sicher, ob man andere Besucher grüßt, vorsichtshalber deutete er ein Nicken an, wenn ihm jemand nahe kam. Es waren nur Frauen unterwegs.

Herr Johannson hatte Grund zum Ärger erwartet. Wie man des Öfteren hörte, war auf Friedhofsgärtner kein Verlass. Aber er fand alles wie bestellt. Die graue Marmorplatte, die die obere Hälfte des Grabes bedeckte, schimmerte neu, die Namen in Schwarz eingraviert:

Berthold Johannson 1918–1956
Charlotte Johannson 1919–2011

Die untere Hälfte der Grabfläche war mit Begonien bepflanzt und frisch geharkt, kein Unkraut zu sehen. Herr Johannson hatte sich für eine Grabplatte entschieden, als klar war, dass der Stein ersetzt werden musste, der schon seit den Fünfzigerjahren an seinen Vater erinnert hatte. Eine waagerechte Platte schien ihm passender für Menschen, die ›dahingegangen‹ waren. Er wollte keinen von diesen aufrechten Grabsteinen, die wie mahnende Zeigefinger im satten Grün und den bunten Blumen eines frühsommerlichen Friedhofs standen.

Er legte den Rosenstrauß über den Namenszug seiner Mutter. Er meinte, verweilen zu müssen. Aber was gab es zu sagen, zu beten, zu denken?

Er war froh, dass seine Mutter gestorben war, dass diese demente Frau in der Hülle seiner alten Mutter gestorben war. Diese Frau, die ihn nicht einmal mehr erkannt hatte. Die in ihrer Verwirrung mit den

Fingern aß, ihre Ausscheidungen nicht kontrollieren konnte und Unverständliches vor sich hin brabbelte. Er hatte sich zwingen müssen zu seltsamen Besuchen, die niemandem nützten. Seine Mutter hatte sich mit ihrer Krankheit schon lange vor ihrem Tod einfach davongemacht. Es war genug Zeit gewesen, sich voneinander zu verabschieden.

Und Berthold Johannson? Den Vater, er kannte ihn fast gar nicht. Sein Vater, dessen Name jetzt in neuer Schrift so klar auf dem Grab erglänzte, war ein kranker Mensch gewesen. Der Krieg hatte ihn zerstört. Er hatte einen Sohn gezeugt und dann auf dem Sofa in der Wohnküche ihrer Nachkriegsunterkunft gewartet, dass der Tod endlich kam, der ihn doch eigentlich schon in Russland erwischt hatte. Die Firma, Johannson Metallbau, hatte der jüngere Bruder von Berthold gemeinsam mit Großvater Johannson wieder aufgebaut. Doch kurz nach Bertholds Tod, mitten im Aufschwung der Fünfzigerjahre, war die Firma in Konkurs gegangen. Niemand hatte dem kleinen Michael erklärt, weshalb. Die Mutter sagte nur: »Besser so, von denen hätte ich sowieso kein Geld gewollt.«

Charlotte benutzte im Zusammenhang mit Bertholds Verwandtschaft ab und zu den Begriff ›unseriös‹. Und das klang bedrohlicher als etwa ›kriminell‹ oder ›die gehen über Leichen‹, was schon mal ihre Kommentare waren, wenn sie in der Zeitung von empörenden Vorgängen las, wie sie in den Wirren der Nachkriegszeit nicht selten passierten.

Wenn Herr Johannson versuchte, sich seinen Vater vorzustellen, lag dieser auf dem Sofa und hatte Kopfschmerzen. Er war abgemagert und blass und wollte nichts essen. Granatsplitter, die nicht operiert werden konnten, wanderten in seinem Gehirn herum. Ein Gedanke, der den kleinen Michael sehr ängstigte. Zu recht, denn allzu bald wurde er Zeuge von epileptischen Anfällen, die den Vater immer häufiger heimsuchten. Die Mutter versuchte, dem Kind den Anblick zu ersparen, so gut es ging, aber in Michaels Gedächtnis hatte sich die bewusstlose, mit Schaum vor dem Mund geifernde und am ganzen Körper zitternde Gestalt unauslöschlich ins Gedächtnis eingebrannt.

Allerdings gab es noch eine andere Kindheitserinnerung an seinen Vater, von der Herr Johannson aber nicht wusste, ob sie sich wirklich so zugetragen hatte oder ob es nur ein Traumbild war, das von dem Kind zu einer Erinnerung umgemünzt worden war. Er war in dieser Erinnerung vielleicht vier oder fünf Jahre alt. Er stand mit seinem Vater auf einem Stoppelfeld. Der Vater gab ihm einen selbstgebastelten Drachen in die Hand und entfernte sich mit der Schnur gegen den Wind. Doch das Kind ließ nie im richtigen Moment los, der Drachen wollte nicht steigen. Der Vater gab nicht auf, sie tauschten die Plätze, prüften die Windrichtung, der Vater gab freundliche Kommandos. Eine Böe kam ihnen zu Hilfe. Der Drachen stieg. Der Vater gab dem Kind die Schnur in die Hand. Das Kind spürte den Stolz, die Verantwortung für die Schnur allein zu tragen. Die Zweisamkeit mit dem Vater.

Diese Episode war in Herrn Johannsons Jugend immer dann vor seinem geistigen Auge aufgestiegen, wenn andere Kinder einen Vater hatten, auch wenn es ein Vater war, an dem sie sich rieben oder den sie gar verachteten. Es wäre schön gewesen, irgendeine Art von Vater zu haben. Er redete lange nicht mit Charlotte über dieses Bild auf dem Stoppelfeld, aus Angst, sie könnte sagen: »Ach, ich glaube, das hast du nur geträumt, dein Vater war eben krank, weißt du?«

Leise sein, weil der Vater Kopfschmerzen hat.

Er war schon erwachsen, als er es schließlich doch seiner Mutter gegenüber erwähnte. Charlotte erinnerte sich tatsächlich nicht daran, dass Berthold jemals mit seinem Sohn auf einem Stoppelfeld Drachen steigen ließ. Herr Johannson hob diese Erinnerung dennoch für sich auf, weil es so gewesen sein könnte.

Berthold Johannson starb bei einem Aufenthalt im Landeskrankenhaus Neustadt, weit weg von Lübeck. An die Beerdigung konnte sich Herr Johannson nicht erinnern.

An Charlottes Beerdigung schon.

Annette war am Tag vor dem Begräbnis um 18 Uhr am Flughafen Fuhlsbüttel angekommen. Sie war braungebrannt, ihre Augen strahlten, auch wenn sie pflichtschuldigst ein trauriges Gesicht machte. Um ihre wallenden Haare hatte sie ein dunkelblaues Tuch geschlungen. Sie küsste Herrn Johannson auf die Wange und drückte ihn einen Moment an sich. Sie war so schmal, dass er kaum wagte, den Druck zu erwidern. Er hätte sich am liebsten entschuldigt, dass sie extra anreisen musste, aber er konnte sich ja wohl kaum für den Tod seiner Mutter entschuldigen. Er machte trotzdem eine Bemerkung in diese Richtung, die launisch oder ironisch klingen sollte. Annette sah ihn von der Seite an und erwiderte nichts. Er hatte den falschen Ton angeschlagen.

    Sie fuhren im Auto nach Lübeck und redeten sachlich. Charlottes Haus war schon vor ihrem Einzug in die Seniorenresidenz verkauft worden. Sie hatte sich gewünscht, dass Geld für einen guten Zweck gespendet werden sollte, falls von ihrem kleinen Vermögen etwas übrig bliebe. Ihren Schmuck würde Annette sich einmal ansehen müssen. Vielleicht waren ja Stücke dabei, die sie behalten wollte.

Nach der kurzen Zeremonie auf dem Friedhof traf man sich im Café Achenbach am Gustav-Radbruch-Platz. Dieses Café mit den roten Plüschsesseln, der Holzvertäfelung und den nachgemachten Biedermeiermöbeln schien Herrn Johannson für den Anlass angemessen, passte zu Charlottes langem Leben. Aber obwohl er den kleinsten verfügbaren Nebenraum hatte reservieren lassen, verlor sich die Trauergesellschaft doch darin. Es gab ja kaum Verwandte. Die Tochter von Charlottes längst verstorbener bester Freundin war gekommen, der Sohn von Bertholds jüngerem Bruder, ein Wilfried Johannson, Studienrat in Lübeck, den Herr Johannson aber erst erkannte, als er sich mit Namen vorstellte, eine Vertreterin der Seniorenresidenz, die Herrn Johannson nie zuvor begegnet war, und Börnsen, der einen großen Trauerkranz mit Chrysanthemen von der gesamten Belegschaft mit ans Grab gebracht hatte, obwohl Herr Johannson in seiner Anzeige statt Blumen um eine Spende für die ›Alzheimergesellschaft von Lübeck und Umgebung‹ gebeten hatte ...

    Der Pfarrer war zwar mit ins Café gekommen, setzte sich dann aber gar nicht, sondern schützte weitere Termine vor, gab jedem der Anwesenden die Hand und war verschwunden. Keiner der Trauergäste außer Herrn Johannson hatte Charlotte näher gekannt, also vermied man, über sie zu sprechen, um möglichst nichts Falsches zu sagen. Das Gespräch wanderte zu anderen Todesfällen. Der Cousin von Herrn Johannson, der ihn verwandtschaftlich duzte, was Herrn Johannson distanzlos vorkam, erzählte von seinem Vater – Bertholds Bruder – der vor Jahren an einem Gehirntumor verstorben sei.

Bei dem Wort Hirntumor fühlte Herr Johannson, wie sein Herzschlag kurz aussetzte. Dann spürte er einen Druck in der Brust, gluckste und brach in ein nervöses Lachen aus. Er lachte mit weit aufgerissenen Augen, bis ihm die Tränen kamen, ihm wurde im Gesicht heiß, er bekam kaum Luft, es war einfach nicht zu stoppen.

Die Tochter von Charlottes bester Freundin, die neben ihm gesessen hatte, erhob sich, legte ihren Arm um seine Schulter und beugte sich zu ihm herab:

»Beruhigen Sie sich, Herr Johannson, ich kenne das, die Nerven gehen einem durch. Die Trauer, all die Belastungen, die Beerdigung, so vieles will organisiert sein, glauben Sie mir, jeder hier am Tisch hat Verständnis, ganz ruhig.«

Herr Johannson gluckste. Die anderen am Tisch sahen nicht nach sehr viel Verständnis aus. Annette und sein Cousin Wilfried blickten einander betreten an, peinlich berührt. Börnsen sah auf den Boden und hüstelte. Die Kaffeetassen blieben halb voll, als sich alle nach und nach verabschiedeten. Annette sagte nichts.

Am nächsten Morgen meinte sie: »Kann ich irgendwas für dich tun, mein Gott, dass sie jetzt so plötzlich gestorben ist, das muss dich ja furchtbar mitgenommen haben.«

Herr Johannson dachte daran, dass Annette mit seiner Mutter nie richtig warm geworden war. Charlotte hatte eine gewisse Eifersucht nicht ablegen können gegenüber diesem Mädchen, das ihren Michael heiraten durfte. Sie hatte es Annette nicht leicht gemacht.

»Ist schon gut, sie war über neunzig, Annette, und sie war dement, es war eine Erlösung für alle Beteiligten.«

Er spürte, dass dieser Satz nicht fair gegenüber Charlotte war. Er wusste nicht, ob sie in ihren letzten Jahren gelitten hatte. Es war eine Erlösung für ihn gewesen.

Zwei Tage nach der Beerdigung flog Annette zurück nach Lanzarote. Sie hatte sich Charlottes Schmuck nicht angesehen.

Herr Johannson warf einen letzten zufriedenen Blick auf seinen Rosenstrauß, dessen Rot hervorragend mit dem Rot der Begonien harmonierte, schlug den Mantelkragen hoch und ging. Friedhöfe hatte er bisher eher gemieden. Er mochte die Stimmung dort nicht, wobei ihn weniger die Toten störten als vielmehr die Lebenden, die mit ernstem Gesicht, aber voller Tatendrang ihre gemieteten Mini-Gärten versorgten, Gießkannen schleppten, hackten und Unkraut zupften, mit Gummihandschuhen und Rosendünger.

Er sollte sich besser auch weiterhin fernhalten. Offensichtlich hatte er den richtigen Friedhofsgärtner gewählt. Er beschloss, höchstens ein- oder zweimal pro Jahr nach dem Rechten zu sehen.

Tote Eltern gemahnten nur allzu deutlich an die eigene Sterblichkeit und Friedhofsbesuche nützten niemandem.

Die Friedhofspforte war schon in Sicht, als er seinen Schritt verlangsamte. Aus den Augenwinkeln hatte er auf einem Grabstein nah am Wege einen Namen wahrgenommen. Er konnte sich irren. Sie hieß doch sicher nicht mehr so. Er ging zurück.

Birthe Wolkenstein
15.11. 1948 – 11.3. 1999
Sie wird in unserem Herzen bleiben

Wieso Birthe? Vor zwölf Jahren schon? Wieso der Mädchenname? Wie viele Birthe Wolkensteins, geboren am 15.11.1948, gab es in Lübeck? Er fühlte die Kieselsteine in seiner Manteltasche. Wolkenstein-Steine. Der erste Kuss. Wandertag in Travemünde. Eine Viertelstunde verborgen im Sanddorn, bis der Klassenlehrer sie beide suchen ließ. Birthe.

Herr Johannson fühlte sich ertappt. Er hatte nicht verweilen wollen, aber man konnte nicht davon laufen, den Toten nicht davonlaufen. Jetzt stand er da und ließ die Steine durch seine Hand gleiten. Er würde Birthe gern einen Stein schenken, einen Stein vom Ostseestrand. Er sah sich um, er zögerte. Es gab ein Problem. Herr Johannson wusste um die Sitte der Juden, Steine auf ein Grab zu legen. Er war kein Jude, genauso wenig wie Birthe. Die Unmöglichkeit, als Deutscher mit jüdischen Bräuchen unbefangen umzugehen. Herr Johannson fühlte sich unschuldig an den Verbrechen seiner Väter ... Wobei sein Vater gar kein Nazi war, glaubte er jedenfalls.

Sein Vater sprach von der Wehrmacht: »... bei der Wehrmacht war das so ..., da musste man mitziehen, da wurde man gar nicht gefragt ..., da hieß es ›Jawoll‹ oder Kopf ab ...«

Seine Mutter sprach vom Krieg: »... im Krieg war das so ..., da ging's ums Überleben, da hat man gar nicht nachgedacht ...«

Der kleine Michael fragte nicht nach. Der große Michael wollte seiner Mutter nicht weh tun.

Herr Johannson nahm die Steine aus seiner Tasche. Sie waren getrocknet und damit fast alle stumpf und farblos geworden. Er wählte den aus, der noch ein wenig glitzerte. Aber er legte ihn nicht oben auf den Grabstein, sondern ging in die Hocke, um ihn tief in die Erde von Birthes Grab zu drücken. Dann erhob er sich schnell und strebte dem Portal zu, den Blick starr geradeaus gerichtet. Es begann zu nieseln, es war nicht einmal acht Uhr und doch viel dunkler, als es um diese Jahreszeit eigentlich hätte sein sollen. Heute keine Mittsommernacht.

An der Windschutzscheibe des BMW klebte ein Knöllchen. Er sah nicht hinein, zerknüllte das Papier und wollte es schon auf die Straße werfen. Dann stoppte er seine Bewegung und schob es in die Manteltasche zu den restlichen Steinen.

Autobahn

Im Auto gingen ihm die Toten nicht mehr aus dem Kopf. Die Autobahn regennass und grau, der eintönige Rhythmus der Scheibenwischer, Birthe und seine Eltern, sie hatten sich nicht gekannt, jetzt wanderten sie Hand in Hand durch seine Fantasie. Birthe hätte Charlotte nicht gefallen. »Such dir ein Mädchen mit Chic!«, hätte sie gesagt, wobei sie nie erklärte, was für sie »Chic« war. Annette hatte in dieser Beziehung Gnade gefunden unter den stahlblauen Augen seiner Mutter, auch wenn Charlotte Annette gegenüber immer eine gewisse Distanz wahrte und sie mit ironischen Bemerkungen zu verunsichern suchte. Womöglich war »Chic« vor allem Arnolds gefüllte Brieftasche gewesen?

Birthe mit den langen blonden Haaren und einem etwas schiefen Mund, der ihr Lachen traurig aussehen ließ.

Birthes Familie war nicht das, was Charlotte unter ›aus gutem Hause‹ verstand. Birthes Vater war bei der Müllabfuhr. Sie ging trotzdem zum Gymnasium, weil sie so überdurchschnittliche Noten hatte. Am Katharineum zu Lübeck gab es schon damals Koedukation, links die Jungen, rechts die Mädchen. Birthe und Michael saßen am Gang fast nebeneinander. Er erzählte seiner Mutter nichts von Birthe, eigentlich gab es ja auch gar nichts zu erzählen. Nur, dass man den ersten Kuss nie vergisst.

Dabei war seine Mutter gar nicht prüde oder streng, eher für ihre Zeit eine emanzipierte Frau.

Charlotte hatte es nicht leicht gehabt. Geflohen aus dem brennenden Dresden, die Toten eines reichen Unternehmerhaushaltes zurücklassend, machte sie, sobald es nach dem Krieg möglich war, eine Ausbildung zur Sekretärin. Ihr war klar geworden, dass sie niemals nach Dresden in ihr altes Leben zurückkehren würde. Ihre Eltern hatte sie im Feuersturm verloren, ihr Bruder war vermisst und die Maschinenfabrik ihres Vaters wurde von den Russen demontiert. Berthold, auf den sie den Rest des Krieges über bei ihrem ungeliebten Schwiegervater gewartet hatte, lag über Jahre sterbenskrank auf dem Sofa ihrer Wohnküche. Ein 24-teiliger Besteckkasten mit passenden Serviettenringen und ein Fotoalbum, das war alles, was ihr von ihrem ersten Leben geblieben war.

Charlotte wurde eine perfekte Sekretärin, ein Vorzimmerdrachen, das allwissende Bollwerk ihres jeweiligen Chefs. In über dreißig Dienstjahren arbeitete sie sich in den Lübecker Dräger-Werken immer weiter nach oben. Ihr Gehalt und das kleine Siedlungshäuschen, das sie kurz nach Bertholds Tod mit den Geldern aus dem Lastenausgleich in der Siedlung Karlshof bauen ließ, sicherten ihr und ihrem Sohn Michael eine bescheidene, aber gutbürgerliche Existenz.

Michael wusste, dass er für sie der Ersatz für alles Verlorene war. Er enttäuschte sie nicht. In den Wirren der Achtundsechziger begann er sein BWL-Studium. Er beteiligte sich nicht an den Demonstrationen. Er ließ seine Haare nur ein wenig länger wachsen. In den ersten Jahren pendelte er jeden Tag mit dem Zug nach Hamburg und zurück. Erst kurz vorm Examen nahm er sich ein kleines Zimmer in der Nähe der Universität.

Der Wagen machte ein anderes Geräusch. Adrenalin schoss durch die Adern von Herrn Johannson. Er fuhr zur Hälfte auf dem Seitenstreifen. Er war zu weit abgedriftet in seinen Gedanken. Sekundenschlaf? Trotz oder wegen des Adrenalins fiel es ihm weiterhin schwer, sich auf die Straße zu konzentrieren. Zu wenig Verkehr. Das Regengrau. Noch dreißig Kilometer bis Poppenbüttel. Er würde einen Kaffee trinken müssen. Plötzlich schien ihm die muffige Wärme einer Autobahnraststätte ein erstrebenswertes Ziel. Etwas anderes sehen. Trucker und Urlauber, Geschäftsreisende, keine Toten. Er bog in die Ausfahrt zur Raststätte Buddikate ein. Das Licht des Gasthauses leuchtete von Weitem. Davor aber Blinklichter, Baken, eine Baustelle direkt vor der Raststätte. Verwirrt suchte er nach Parkplätzen. Schon war er an dem Gasthaus vorbeigerollt, das eindeutig geöffnet war, warmes Licht, Leuchtreklame. Ihn erfasste eine diffuse Sehnsucht nach anonymer Wärme, trügerische, amerikanische Wärme wie auf einem Hopper-Gemälde, kalte

Wärme. Alles war mit Lastwagen vollgeparkt. Er hatte den Rastplatz schon fast wieder in Richtung Autobahn verlassen, da entdeckte er zwischen zwei Trucks eine ausreichend große Lücke. Er fuhr entgegen der Einbahnstraße zurück und stellte den BMW ab. Dann ging er quer durch die Baustelle und betrat das Rasthaus. ›Coffee and more‹. Der Gastraum war leer bis auf einen Mann an einem Spielautomaten und einer Bedienung hinter dem Tresen. Aufgesetzte Freundlichkeit: »Darf ich Ihnen zu Ihrem Kaffee ein kleines Stück Kuchen empfehlen?«

Herr Johannson sah auf die Uhr. Es war kurz vor neun. Er ließ sich ein Käsebrot geben, auf dem verwelkte Petersilie lag, und setzte sich in die hinterste Ecke des Raumes. Der Kaffee schmeckte nach Pappe. Aber das Licht war so, wie er es sich gewünscht hatte. Unverbindlich und warm.

Annette kam ihm in den Sinn. Der Kaffee auf Lanzarote war eindeutig besser. Ihn zog nichts mehr nach Lanzarote. Nie mehr Lanzarote? Ob sie eine feste Beziehung hatte? Vermutlich. Sehnte er sich danach, dass Annette jetzt hier bei ihm wäre? Nein. Annette war ihm gleichgültig geworden. Er hätte den Zeitpunkt, an dem die Beziehung zerbrach, nicht benennen können. Sie war ja auch nicht zerbrochen, nur auseinandergedriftet, wie ein Boot, das sich unmerklich vom Ufer entfernt, weil jemand vergessen hat, das Tau festzumachen.

Melanie. Warum hatte er Melanie eigentlich nicht mit auf diese Fahrt nach Lübeck genommen? Mit Melanie auf dem Friedhof? Das passte nicht. Melanie hatte zwar schon mehr von ihm Besitz ergriffen, als ihm lieb war, aber zu vielen Teilen seines Lebens gehörte sie nun einmal nicht.

Er stellte sein Tablett mit dem halbvollen Kaffeebecher auf den Wagen für schmutziges Geschirr.

Draußen war es noch dunkler geworden. Die Regenwolken, die als graue Masse tief über der Autobahn hingen, konnte man kaum erkennen. Immerhin hatte es aufgehört zu tröpfeln, als Herr Johannson wieder nach draußen trat. Er ging auf die Lastwagen zu, hinter denen sein Auto parkte. Auf der Autobahn hatten alle Fahrzeuge das Licht eingeschaltet.

Der Mann, der plötzlich vor ihm stand, war wesentlich größer als Herr Johannson, mit einem dicken Pullover bekleidet, so einem Seemannspullover, blau oder schwarz, und einer Pudelmütze, viel zu warm für die Jahreszeit. Er fasste Herrn Johannson beim Kragen: »Geld, Handy, schnell, gib her, was du hast!«

Aus den wenigen Worten war ein osteuropäischer Akzent herauszuhören.

Herr Johannson sah sich um. Sie waren zu dritt. Untereinander sprachen sie russisch oder polnisch und lachten. Sie schubsten Herrn Johannson zwischen sich hin und her, sodass er gar nicht dazu kam, seine Brieftasche oder sein Handy herauszuholen.

»Du nicht Lastwagen. Wo dein Auto?«

Zwei hatten ihn von hinten ergriffen und drehten seine Arme schmerzhaft auf den Rücken. Sie rochen nach Schweiß und Kunstleder. Der Sprecher sah sich um und entdeckte den BMW zwischen den Trucks. Seine Augen wurden schmal.

»Autoschlüssel, Papiere, los!«

Noch bevor Herr Johannson irgendetwas sagen konnte, versetzte ihm der Sprecher einen Faustschlag in die Magengrube. Herrn Johannson blieb die Luft weg. Die beiden anderen ließen seine Arme los und gaben ihm einen Tritt, so dass er strauchelte und stürzte. Es schien ihm, dass Minuten vergingen, ehe er seinen Atem und seine Stimme wiederfand. Schließlich keuchte er: »Ist ja gut, ihr könnt ja Geld haben!«

Als er versuchte sich aufzurichten, packte ihn der Sprecher und zog ihn zu sich hoch:

»Ruhe! Hier nur ich reden!«

Die anderen lachten. Wut und Angst machten sich gleichzeitig in Herrn Johannson breit. Er versuchte verzweifelt, sich loszureißen. Da gab ihm der Sprecher einen Kinnhaken und die beiden anderen traten wieder auf ihn ein, bis er gekrümmt am Boden lag. Sie trafen den Oberschenkel und Herr Johannson wurde von einem solchen Schmerz überflutet, dass sich alles in seinem Kopf drehte. Ihm wurde schwarz vor

Augen, aber er hörte ihr Lachen noch und spürte ihre Hände, als sie die Brieftasche, das Handy und seine Autoschlüssel an sich nahmen.

Ein weiterer Tritt traf ihn am Gesäß, was dann folgte, war Schmerz und Chaos, Fall, schiefe Ebene, Grasbüschel, oben und unten vertauscht, das Bein, das immer neu zerbarst. Aber er war nicht bewusstlos. Herr Johannson lag am Ende einer Böschung in einer Art Graben, der kein Wasser führte, vielleicht drei Meter unterhalb des Parkplatzes. Als er vorhin das Auto abgestellt hatte, war ihm der Graben gar nicht aufgefallen. Das Gras war feucht vom Regen. Er sah nach oben und erkannte einen steinernen Tisch und eine Bank als schwarze Silhouette vor dem dunkelgrauen Himmel. Es roch nach Gras und Regen und Urin. Dann wurde der Motor seines BMW gestartet. Das Geräusch hob sich deutlich vom Rauschen der Autobahn ab. Es war eindeutig sein BMW, der sich da rasch entfernte. Minutenlang meinte er, den Sound seines Wagens vom Hintergrundrauschen unterscheiden zu können.

Er wunderte sich, dass er außer dem wühlenden Schmerz im Bein auch ein unbequemes Stechen unter seiner Schulter wahrnahm. Er lag auf der Seite, die Hände immer noch schützend vor seinem Bauch. Unter der Schulter musste ein Stück Eisen liegen, womöglich Müll, der hier in den Graben geworfen worden war. Der Druck wurde so unangenehm, dass er versuchte, seine Körperhaltung zu verändern. Bei der kleinsten Bewegung jedoch schoss ein ungeheurer Schmerz in sein linkes Bein. Er befürchtete, doch noch die Besinnung zu verlieren. Das Bein war gebrochen, kein Zweifel. Er hatte sich in seinem langen Leben nie einen Knochen gebrochen, erstaunlicherweise. So fühlte sich das also an.

Die Gedanken krochen mühsam voran, aber eins war klar, ohne fremde Hilfe würde er sein Problem nicht lösen können. Er musste sich bemerkbar machen, um Hilfe rufen.

›Hilfe!‹ Er stellte sich vor, wie er rief. Außer dem Rauschen war nichts zu hören. Keine Schritte, keine Stimmen, keine zugeschlagenen Autotüren.

»Hilfe.« Er atmete tief ein, um zu schreien. Das Bein stach. Er atmete aus. Er sagte es leise vor sich hin:

»Hilfe.«

Die Stimme war gebrochen. Er konnte sich nicht vorstellen, laut genug zu sein. Die Autobahn rauschte in gleichmäßigem Ton.

Da durchschoss ihn der Gedanke, dass nicht nur das Bein gebrochen sein könnte. Der Schädel, der Bauch. Sie hatten ihn mehrfach getroffen mit ihren Stiefeln am Bauch, trotz seiner schützenden Hände. Merkwürdigerweise spürte er nur den Schmerz im Bein und das Stechen an der Schulter. Dennoch – innere Blutungen – er würde verbluten wie ein angeschossenes Stück Wild.

»Hilfe!«

Die Stimme war fest. Konzentration. Lauter.

»Hilfe!!«

Atmen.

»Hört mich denn keiner? Hilfeee!!«

Das Bein stach. Tränen traten ihm in die Augen.

»Hilfe!!«

Die Autobahn rauschte. Er streckte seine Hände nach den Grasbüscheln aus. Jeder Versuch, die Lage des gebrochenen Beins zu verändern, führte zu Schmerzen, die ihm fast die Besinnung nahmen. Es hatte keinen Sinn. Niemals würde er sich über die Böschung nach oben ziehen können. Kälte und Nässe drangen unaufhaltsam in seinen Körper.

Plötzlich war da diese Gestalt hinter dem Tisch. Breitbeinig stand ein Mann am Graben, vielleicht zehn Meter entfernt. Das Geräusch war eindeutig, er erleichterte sich in den Graben hinein. Jetzt galt es.

»Hilfe, hallo, hören Sie!«

Der Mann ruckte kurz, schüttelte sich und schloss umständlich seine Hose. Die Autobahn rauschte.

»Hilfe, hier unten!«

Der Mann rührte sich nicht, ging aber zumindest auch nicht weg. Womöglich lauschte er? Noch einmal, lauter!

»Hilfe, helfen Sie mir, hallo!«

Krächzen.

»HILFE!«

Da setzte sich der Mann umständlich über die Grasbüschel nach unten in Bewegung. Er fragte etwas auf Russisch oder Polnisch. Endlich bei Herrn Johannson angekommen, überzog er ihn mit einem Schwall von Sätzen und Fragen. Das gleiche slawische Idiom wie seine Peiniger. Obwohl sich sein Körper schon taub vor Kälte anfühlte, spürte Herr Johannson plötzlich, wie sein Blut heiß durch die Adern strömte.

Panik ergriff ihn. Ausgeliefert! Er musste sich wehren! Er konnte den Kopf kaum heben.

Der Mann beugte sich zu ihm herunter, seine Stimme war freundlich, aber die Panik wollte nicht weichen.

Jetzt fasste der Mann ihn bei den Schultern, um ihn aufzurichten.

»Nein! Halt! Ahrr!«

Herr Johannson deutete verzweifelt mit beiden Händen auf sein linkes Bein.

»Das Bein ist gebrochen, nicht bewegen, bitte. Holen Sie Hilfe, bitte, einen Krankenwagen!«

»Tak«, sagte der Mann und stapfte die Böschung wieder hoch.

›Nicht weggehen!‹, lag es Herrn Johannson auf der Zunge. Er biss sich auf die Lippen ›Der Mann wird Hilfe holen.‹, beruhigte er sich selbst.

Nach ein paar Minuten, die Herrn Johannson wie eine Ewigkeit erschienen, kam der Mann mit einem zweiten zurück. Dieser ging neben ihm in die Hocke, unrasiert, in einem grauen Jogginganzug.

»Alles gut. Ich anrufen 110. Polizei kommt, Krankenwagen auch. Alles gut. Was passieren mit dir?«

Eine Woge der Erleichterung durchflutete Herrn Johannson. Die Schmerzen im Bein schienen plötzlich erträglich. Der, der kein Deutsch sprach, kam mit einem Kissen und einer Decke und einer Taschenlampe, denn in dem Graben war es mittlerweile ziemlich finster.

»Danke, ich danke Ihnen vielmals.« Herr Johannson versuchte, alle Dankbarkeit und Erleichterung in seine Stimme zu legen, er wusste nicht, wie danke auf Russisch oder Polnisch hieß.

»Was passieren, Autounfall?«

»Ich bin überfallen worden, drei Männer, sie haben mich zusammengeschlagen und mir die Brieftasche, das Handy, den Autoschlüssel und dann das Auto geklaut. Ich hatte es dort geparkt, hinter den LKWs, weil vorne die Baustelle ist ...«

Sein Retter blieb eine Weile ruhig und schaute ihn nur an. Soweit Herr Johannson im Licht der Taschenlampe seine Mimik erkennen konnte, hatte er nicht alles verstanden.

»Zusammengeschlagen?«, wiederholte er das Wort, das ihm wohl noch am ehesten etwas sagte. Herr Johannson nickte. Der Mann legte ihm kurz die Hand auf die Schulter, erhob sich dann ächzend, um seinem Kollegen zu übersetzen. Nach der langen Erklärung zu urteilen, musste er doch mehr verstanden haben, als Herr Johannson geglaubt hatte.

Das Polizeiauto kündigte sich durch stummes Blaulicht an. Der zweite Trucker, der deutsch sprach, kletterte die Böschung hoch und winkte die Beamten heran.

Es war nicht einfach für die kurz darauf eintreffenden Sanitäter, den Verletzten aus seiner misslichen Lage zu bergen. Als endlich die Trage in den warm erleuchteten Rettungswagen geschoben wurde, fühlte sich Herr Johannson unendlich müde und sehr alt.

Krankenhaus

Am Tag nach der Operation stand Annette im Krankenzimmer. Sie machte ein ernsthaft besorgtes Gesicht. Sie küsste Herrn Johannson flüchtig auf die Wange und nahm seine Hand: »Um Himmels willen, Mischa, wie konnte das passieren? Erzähl doch!«

Er hatte es der Polizei erzählt, er hatte es den Ärzten erzählt, mehrfach. Er hatte es sogar in einer kurzen Zusammenfassung der Haushälterin Frau Schmidt erzählt, die ihm eine Tasche ins Krankenhaus brachte, fein säuberlich gepackt, nur das Nötigste, aber alles, was nötig war, sogar seine Zahnseide.

Wie sollte er formulieren, um Annette zu erzählen, was geschehen war? Sicher wusste sie schon das Meiste. Wer ihr wohl Bescheid gegeben hatte? Frau Schmidt? Fast war er geneigt, das als eine Art Verrat anzusehen. Karl? Bella? Aber woher sollte Bella es erfahren haben? Hatte er den Schwestern bei der Aufnahme Annettes Nummer gegeben? Die Erinnerung an diese erste Nacht im Krankenhaus war sehr verschwommen, durchsichtige Watte überall, wenn er versuchte, einen Gedächtnisinhalt zu konkretisieren. Nicht auszuschließen, dass sie ihn nach seiner Ehefrau gefragt hatten.

»Mischa, sag doch, wie geht es dir? Was haben sie dir angetan?«

Sie schaute so mitleidig, als wenn sie eine gewisse Verantwortung für ihn empfände. Für den hilflosen Mann im Krankenbett, der nicht allein auf sich aufpassen konnte.

Was sollte er ihr sagen? Er wusste, wenn er die Geschichte noch einmal erzählte, würde sie falsch klingen. Sie hatte schon bei jedem Mal vorher falsch geklungen. Dabei war es gleich, ob man unter Tränen oder völlig emotionslos erzählte, ob man viele oder wenig Worte machte, ob man den Gesprächspartner dabei ansah oder nicht. Die Sprache war falsch geworden. Er fühlte sich so alt.

»Birthe ist tot, Birthe Wolkenstein.«

Als er den Namen aussprach, wusste er, dass er Birthe Annette gegenüber nie erwähnt hatte.

»Was, es ist auch jemand zu Tode gekommen?«

Annette hatte die Augen weit aufgerissen und sich zurückgelehnt.

»Nein, vor zwölf Jahren schon, ich kannte sie aus Lübeck.«

»Mischa, was ist mit dir, wieso erzählst du mir das? Ist doch etwas mit deinem Kopf?«

»Ja, Sprachstörungen, nein ... Nein, nein, es ist nur das Bein, das Bein ist gebrochen und gestern operiert worden. Es geht mir gut soweit, gut. Die Ärzte sagen, das Bein kommt wieder ganz in Ordnung, mach' dir keine Sorgen. Du hättest nicht extra herfliegen müssen.«

Bei ihrem dritten Besuch im Krankenhaus ließ Annette sich von Herrn Johannson überzeugen, dass er schon allein zurechtkomme und dass sie ruhig wieder zurückfliegen könne. Sie erzählte ihm von der besonders kreativen Schaffensperiode, in der sie sich gerade befinde, und dass sie bis zu Bellas Urlaub im September unbedingt noch ein paar Landschaftsbilder fertigstellen müsse. Herr Johannson bekräftigte, wie gut ihr Besuch ihm getan habe, aber dass es ihm ja nun schon viel besser gehe. Frau Schmidt werde sicher für ihn sorgen, wenn er entlassen werde.

Als sie den Raum verließ und er sie von hinten sah, ging dort eine fremde alte Frau ...

In den Tagen im Krankenhaus ließ er sich treiben. Er benötigte keine Beschäftigung. Er fragte sich, was wohl aus seinem Hirntumor während der Narkose geworden war. Lassen sich Tumorzellen genauso betäuben wie andere Gehirnzellen? Die Frage blieb unbeantwortet.

Er freute sich über die Putzfrau, die mit ihrer Scheuermilch und ihrem Fensterputzmittel einen Mantel von vertrauten Gerüchen über die bedrohlichen Ausdünstungen des Krankenhauses legte.

Er freute sich weniger, als ihn der Chefarzt um Verständnis bat, dass sein Einzelzimmer vorübergehend in ein Zweibettzimmer umgewandelt werden müsse. Befremdet registrierte er, dass alle Anschlüsse für ein zweites Bett vorgesehen waren.

Der junge Mann war an seinem rechten Knie mit einem komplizierten Gebilde aus Metallstangen und Drähten versorgt, die teilweise durch das Knie, teilweise drum herum verlegt waren, das Ganze wurde durch ein Drahtgitter vor der Bettdecke geschützt. Ein ›Fixateur externe‹, lernte Herr Johannson. Den Namen des jungen Mannes vergaß er sofort wieder.

Warum benahm sich dieser durchtrainierte Jüngling nicht so, wie man es von seiner Generation erwartete? Warum verschanzte er sich nicht hinter seinem Notebook oder Handy oder Gameboy oder welchem elektronischen Gerät auch immer? Er nutzte nicht mal die Ohrstöpsel des Krankenhausfernsehers. Stattdessen redete er. Er redete über seinen Sport (Basketball oder Volleyball?), das letzte so entscheidende Match, das ihm seine Knieverletzung eingebracht hatte, er redete über seine Freundin und seine Mutter, die ihn im Wechsel morgens und abends besuchten, seine Freunde (alles Sportler), er redete über seine Schule, seine Pläne, seine vielversprechende Zukunft. Herr Johannson fühlte sich gestresst.

Der Traum war immer gleich. Er roch das Kunstleder der schwarzen Jacken über sich, gemischt mit einem Anflug von Knoblauch. Die Stimme mit dem russischen Akzent war leise und sanft. Die Panik, die Enge in der Kehle, keine Luft! Das schwarze Kunstleder kam näher und näher …, aber kein Schlag, die Hand sanft in ihrer Berührung, viele Hände. Und Füße in klobigen Schuhen, die traten, aber ihn nicht erreichten. Die Hände trugen ihn stattdessen empor, immer höher, immer höher, Herzrasen, Entsetzen, Lähmung. Aber nichts passierte, nichts mehr, nur die russische Stimme in der Leere …

Schweißgebadet erwachte Herr Johannson und krallte sich am Krankenhausbett fest, um nicht davonzuschweben.

An diesem Morgen war sein sportlicher Bettnachbar schon seit Stunden zu irgendwelchen Untersuchungen unterwegs, als der chirurgische Oberarzt zur Visite kam.

»Sieht gut aus, keine Komplikationen. Wir machen morgen ein Kontroll-Röntgen, wenn das o.k. ist, können Sie anschließend nach Hause. Haben Sie schon ein bisschen mit den Unterarmgehstützen geübt?«

Herr Johannson nickte.

Mit Blick auf irgendwelche Laborwerte sagte der Oberarzt etwas leiser: »Wie geht's sonst? Alles gut überstanden? Schlafen Sie gut? Keine Albträume?«

»Geht so«, sagte Herr Johannson.

»Wenn Sie wollen, können wir einen Kollegen aus der Psychiatrie zu Rate ziehen, manchmal tut es gut, nochmal über alles zu reden, wenn man Opfer eines Verbrechens geworden ist.«

Herr Johannson setzte ein überlegenes Lächeln auf:

»Das wird nicht nötig sein, Herr Doktor.«

Der Oberarzt erwiderte das Lächeln mit einem Blick unter Männern. Herr Johannson hatte wieder den Geruch von Kunstleder in der Nase, hielt aber dem Blick und dem Lächeln stand.

Außerhalb der Träume schien fremd, was ihm da widerfahren war. Als wenn er nur ein besonders packendes Buch gelesen hätte über jemand anderen, der zufällig zum Opfer geworden war. Diese Beiläufigkeit des Lebens, wie treffen einen die Ereignisse, was wird aus den Möglichkeiten, die nicht passieren? Dunkel hatte er das Gefühl, an irgendeinem Abzweig den falschen Weg genommen zu haben. Aber ein gänzlich anderer Lebensentwurf wäre ja nur für einen anderen Menschen, jedoch nicht für ihn möglich gewesen.

Dies war es nun also, was sich für Michael Johannson ergeben hatte. Wäre etwas anders geworden, wenn er irgendwann andere Entscheidungen getroffen hätte?

Zum Beispiel: Was wäre gewesen, wenn er Annette nicht geheiratet hätte? Die Frage stellte sich gar nicht. Es war unausweichlich gewesen. Nicht, dass es damals nicht auch schöne Momente gegeben hatte. Er liebte seine junge Ehefrau. Damals, als sie mit jedem Monat schöner wurde und aus dem verzogenen Teenager eine kapriziöse, aber faszinierende junge Frau geworden war. Die Heirat war unausweichlich gewesen seit dem Tag, an dem er Arnold Winkler kennengelernt hatte. Außer Arnold Winkler hätte an diesem Tag keine siebzehnjährige Tochter gehabt ... aber da ging das Gedankenspiel ins Unendliche.

Wenn er nicht mit seiner Mutter nach Lanzarote gefahren wäre, hätte er Arnold Winkler vielleicht nie getroffen (vielleicht aber auch doch, an einem anderen Tag in Hamburg). Ohne Arnold hätte er Annette nicht kennengelernt.

Er fuhr mit seiner Mutter in Urlaub, weil er ihr eine Freude machen wollte, weil er ihr dankbar war, weil er ein guter Sohn war.

Er war ein guter Sohn, weil er sah, was sie für ihn getan hatte. Sie hatte ihr Leben auf ihn hin gelebt. Das hatte sie getan, weil ihr Mann früh gestorben war. Berthold war früh gestorben, weil er am Zweiten Weltkrieg teilgenommen hatte. Berthold und Charlotte hatten sich in Dresden kennengelernt, weil der Krieg die beiden dort zusammengeführt hatte. Ohne den Krieg wäre Michael nie geboren, dann wäre er kein guter Sohn geworden, der auf einer gemeinsamen Reise mit seiner Mutter seinen zukünftigen Schwiegervater trifft.

Annette.

Da war mal so ein Spruch von Annette gewesen, als sie einander noch so viel bedeuteten, dass es sich lohnte, den anderen zu verletzen: »Arnold hat dich doch damals nur eingestellt, weil er ein schlechtes Gewissen hatte. Dabei hat er deine Mutter gar nicht über den Haufen gefahren, nicht mal gestreift.«

Aber so war es nicht gewesen. Zum einen hatte Charlotte damals tatsächlich ein paar Schürfwunden am Schienbein davongetragen, die vom Portier des Hotels Meliá mit Pflastern versorgt worden waren. Zum anderen hatte die Verbindung zwischen Arnold Winkler und ihm sicher nichts mit schlechtem Gewissen zu tun gehabt. Sie fanden zusammen wie lange verlorene Puzzleteile. Gleich an diesem ersten Abend auf Lanzarote. Winkler hatte sie wie versprochen im Hotel abgeholt, mit seinem weißen Mercedes, auf dem Rücksitz die schmollende Annette.

Sie fuhren tatsächlich in das neue Restaurant im alten Castel de San José, in dem sich hypermoderne Architektur mit mittelalterlichem Gemäuer traf. Runde Panoramafenster gaben einen atemberaubenden Blick auf den Atlantik frei, man saß auf der Terrasse direkt auf den hohen schwarzen Felsen und die Gischt sprang fast zu den Tischen hinauf. Arnold Winkler war in seinem Element. Er hatte etwas Verdrängendes an sich, aber man konnte sich seinem Charme nicht entziehen. So schwärmte er von der Genialität des Architekten César Manrique, machte Charlotte Komplimente über ihr jugendliches Aussehen und ihre schöne Stimme, ließ seine halbwüchsige Tochter von dem Beatles-Konzert erzählen, das sie vor Jahren schon als Dreizehnjährige besucht hatte, sodass sie am Schluss wieder strahlte in der Erinnerung an das wohl größte Ereignis ihres jungen Lebens.

Arnold Winkler war sehr temperamentvoll und hatte offensichtlich große Freude an seiner eigenen Rede, aber er hatte die unnachahmliche Gabe, jedem in seiner Nähe das Gefühl zu geben, ein besonders wichtiger Mensch für ihn zu sein.

Vor allem interessierte er sich für Michael, zumindest ab dem Moment, in dem er erfuhr, dass Michael Betriebswirtschaft studiert hatte.

Geradezu hellwach erschien er nach dieser Information. Winkler ermunterte den jungen Mann, detailliert über das Thema seiner Diplomarbeit zu referieren. *Das Rationalisierungspotenzial in der kleinteiligen Fremdfinanzierung* – niemand außerhalb der Universität hatte sich bisher dafür interessiert. Winkler ließ nicht locker, bis Michael aus dem Stegreif begann, seine Finanzierungsmodelle auf Beispiele aus der Immobilienwirtschaft zu übertragen. Annette schaute mittlerweile gelangweilt auf den Atlantik hinaus, doch Charlotte war stolz, ihren Sohn so fachsimpeln zu hören.

Schließlich meinte Winkler: »Alle Achtung, junger Mann, haben Sie eigentlich schon einen Job? Sie sollten Immobilienkaufmann werden!«

Michael lachte, aber Charlotte fragte ganz ernst:

»Ja, kann man das denn einfach so mit einem Studium der Betriebswirtschaft? Was ist das eigentlich für ein Beruf, für eine Ausbildung, meine ich?«

Arnold Winkler lachte: »Sie meinen, Makler, das ist doch gar kein richtiger Beruf? Sie haben recht, ich bin Autodidakt, abgebrochenes Architekturstudium, damals nach dem Krieg reichte das Geld einfach nicht. Heute kann man aber eine Zusatzausbildung, auch berufsbegleitend machen, zum Immobilienwirt, in einem Jahr ...«, und an Michael gewandt, »... das wäre für Sie ein Klacks mit abgeschlossenem BWL-Studium! Das sollten Sie wahrnehmen, macht sich besser, wenn man nachher auf seine Visitenkarte ›staatlich geprüfter Immobilienwirt‹ drucken kann.«

Von diesem Abend an ließ Arnold Winkler Michael kaum noch aus den Augen. Er kutschierte ihn und seine Mutter über die Insel, er lud sie in sein gerade fertiggestelltes Haus auf den Klippen ein, in Arrecife schickte er die Damen auf einen Einkaufsbummel und Museumsbesuche, wofür Annette mit hohen Summen bestochen werden musste, nur um Michael sein Büro auf Lanzarote zeigen zu können.

Herr Johannson sah das kleine Büro vor sich, als wäre es gestern gewesen. Es war so klein, dass nur ein einziger Tisch mit fünf Stühlen Platz hatte, ein Regal mit ein paar Aktenordnern, und Plakate überall, wie Costa Teguise einst aussehen sollte, und Fotos von den Attraktionen der Insel: Strand, Vulkane und Kamele. Eine spanische Sekretärin begrüßte sie mit einem strahlenden Lächeln – Kunden seien noch keine da gewesen heute Morgen, »... aber das Wetter, Señor Winkler, bonito, verdad?«

Wie selbstverständlich breitete Winkler Aktenordner vor Michael aus: »... Costa Teguise ist im Moment eine Baustelle im Nirgendwo, aber das wird ein Riesengeschäft, glauben Sie mir ...«

Er zeigte ihm Vorverträge mit Bauherren von Apartmenthäusern und Verträge von Wohnungen, die er schon verkauft hatte, bevor überhaupt der Grundstein gelegt war. Es schien, als würden sie sich schon Jahre kennen und er seinem jungen Freund blind vertrauen.

Michael war beeindruckt. Beeindruckt von Winklers Souveränität, von seiner Weltläufigkeit, seinem Geschäftssinn und seinem Geld und nach ein paar Tagen war er gefangen im ›System Winkler‹. Michael begann ähnlich zu denken, stellte die richtigen Fragen, um Arnold Winklers Begeisterung für ihn noch mehr zu entfachen, und hatte das Gefühl, die Immobilienwirtschaft sei schon immer sein Berufswunsch gewesen.

Es war für beide wie ein Rausch. Michael fühlte sich geschmeichelt, gehoben und gleichzeitig überrannt, vereinnahmt. Winkler faszinierte ihn wie nie jemand zuvor, aber man kannte sich doch gar nicht ...

Und obwohl Arnold Winkler in seinem Geschäftsgebaren im Prinzip rational gesteuert und seriös erschien, bot er Michael noch auf Lanzarote ernsthaft an, dass er ihn in seiner Firma in Hamburg einstellen würde, ohne je ein Zeugnis von ihm gesehen zu haben.

Das war der Tag, an dem der Aufstieg von Michael Johannson begann. Arnold Winkler hatte die Leichtigkeit von Menschen an sich, die sich nichts mehr beweisen müssen. Michael saugte alles in sich auf: die Mimik und Gestik, die Angewohnheit, beim Lächeln den Kopf schief zu legen, das im Ton angedeutete, aber nie konkret ausgeführte Schulterklopfen seines Gegenübers, die gepflegten Umgangsformen, die im Gegensatz zu Charlottes Erziehung nichts Gezwungenes an sich hatten. Dennoch gelang es ihm nie, Menschen so für sich einzunehmen, wie Arnold Winkler es tat. Er lernte jedoch, mangelndes Charisma durch Sorgfalt und Einfühlungsvermögen wettzumachen.

Die Dependance in Arrecife führte Herr Johannson nach Arnold Winklers Tod noch etliche Jahre weiter, zuletzt über einen einheimischen Geschäftspartner. Es war lange ein lukratives zweites Standbein. 2008 jedoch geriet durch die europäische Bankenkrise der Markt für Luxusimmobilien auf Lanzarote schwer ins Wanken und der kanarische Geschäftspartner ging in Insolvenz. Seitdem hatte Herr Johannson in Hamburg keine einzige Nachfrage mehr wegen Lanzarote gehabt. Dafür löste die Finanzkrise in Deutschland im Immobiliengeschäft einen neuen Boom aus.

Ja, Arnold Winkler war alles in allem ein Glücksfall in seinem Leben gewesen. Allein hätte er es nicht geschafft.

Was geschafft? Erfolg zu haben, reich zu werden, jemand zu sein.

Trotzdem ließ ihn der Gedanke nicht los, dass etwas falsch gelaufen war. Das Leben neigte sich dem Ende zu, aber die Bilanz stimmte nicht. Krankenhausgedanken.

Ford-Mustang

Herr Johannson fuhr allein mit dem Taxi aus der Klinik nach Hause. Je näher er Poppenbüttel und der Sackgasse über dem Hennebergpark kam, um so mehr wurde er von Heimweh überflutet – endlich loslassen können, Ruhe, endlich zu Hause sein. Der Taxifahrer trug ihm die Taschen hinein. Es war ein heißer Augustvormittag und als er sich mit den Unterarmgehstützen bis ins Haus vorgekämpft hatte, war er schweißgebadet. Schwer atmend ließ er sich auf einen Küchenstuhl fallen. Eine Weile saß er da und war durstig, unfähig, sich wieder zu erheben, um im Kühlschrank nach einem kalten Getränk zu sehen. Warum nur war Frau Schmidt heute nicht da? Donnerstag.

Auf dem Küchentisch entdeckte er zwei Zeitungsausschnitte, Bildzeitung und Hamburger Abendblatt, fast gleichlautende Texte:

Hamburger Geschäftsmann wird Opfer eines brutalen Überfalls ...

Opfer ..., das Wort verfolgte ihn. Kriegsopfer, Opferlamm, Opfermut. Es nahm einem die Kraft.

In den folgenden Tagen wurde er von Frau Schmidt umsorgt. Sie schimpfte mit ihm, dass er sie nicht vom Krankenhaus aus angerufen hatte. Sie bekochte ihn, achtete darauf, dass er auf der Terrasse im Schatten blieb, und versorgte ihn mit eisgekühlten Getränken und Zeitungen. Abends musste er sie mit Nachdruck nach Hause schicken, weil sie ihm unbedingt auf der Treppe nach oben und womöglich gar im Bad helfen wollte. Nach ein paar Tagen wurde ihm die Fürsorge doch etwas zu viel und er verspürte das Bedürfnis, in der Firma nach dem Rechten zu sehen. Er rief Melanie an, ob sie bereit sei, seine Chauffeurin zu werden.

Herr Johannson hatte das Cabrio lange nicht benutzt, es war ein weißer Ford Mustang, zweitürig, Baujahr 1967. Er hatte es in den siebziger Jahren gebraucht gekauft, mit türkisblauen Sitzen und türkisblauem Verdeck, von den ersten Provisionen, die er bei Arnold Winkler verdient hatte. Nach der Hochzeit mit Annette stand das Auto überwiegend in der Garage. Sie mochte den Wagen nicht, so ein amerikanischer Benzinfresser. Dabei brauchte er nur elf Liter für seine 120 PS. Für Kundentermine allerdings war das Cabrio ungeeignet, weil es dem seriösen Image der Firma Winkler, später ›Johannson und Winkler‹ nicht entsprach. Aber trennen konnte sich Herr Johannson auch nicht von diesem ersten Symbol seines Erfolges. An manchen Wochenenden schraubte er daran herum und sorgte dafür, dass das Cabrio nicht zu stark verrostete. Alle paar Jahre brachte er den Wagen durch den TÜV, um ab und zu eine kleine Spritztour machen zu können. Der Mustang hatte den satten Klang eines amerikanischen Oldtimers und sogar ein funktionierendes Originalradio. Ein weiterer Grund, warum er ihn nie verkauft hatte, war sicher auch Annettes Abneigung, sie hatte den Wagen einmal als ›Machoauto‹ bezeichnet, vor langer Zeit. Es war als Beleidigung gemeint, aber er hatte Gefallen daran gefunden. Das Auto blieb. Jetzt war er froh um seine Anhänglichkeit, denn für den gestohlenen BMW Ersatz zu schaffen, dazu fühlte er sich vorerst nicht in der Lage. Er hatte nur einmal kurz einen Blick auf die Internetseite von BMW geworfen, schöne Autos. Aber er verstand eigentlich nichts.

»Konfigurieren Sie Ihren neuen BMW nach Ihren Bedürfnissen: Navigationssystem Professional, elektronisches Bremssystem, Bremsenergierückgewinnung, Mild- oder Vollhybrid, Connectivity-Paket, Valvetronic, Adaptive Drive, Dynamic Performance Control ..., 5er- oder 7er-Reihe oder X5M?«

Zu viele Entscheidungen. Einem Autohändler konnte er in seinem derzeitigen Zustand keinesfalls gegenübertreten.

Melanie fand es »total aufregend«, den alten Mustang zu fahren. Bei Kunden, von denen Herr Johannson besonders wenig Humor erwartete, parkten sie den auffälligen Wagen manchmal in einer Seitenstraße und gingen ein paar Meter zu Fuß, Herr Johannson mit seiner Gehhilfe, Melanie trug Notebook und Unterlagen. So vermieden sie, mit dem ungewöhnlichen Gefährt in Verbindung gebracht zu werden.

Melanie brachte ihm Glück. Oder vielmehr, sie war ein hübsches Dekor in jeder Immobilie, sie wertete jede Besprechung durch ihre bloße Erscheinung auf. Sie schwebte auf ihren High Heels durch die Räume des Immobilienobjektes, die Schuhe farblich passend zum dezenten Kostüm, die langen schwarzen Haare streng hinten zu einem Knoten zusammengefasst, eine Brille mit schwarzem Rand. Perfekt. Herr Johannson erwartete dauernd, dass sie im falschen Moment den Mund aufmachte und mit ihrer hohen Stimme den Zauber zerstörte. Aber nein, sie hielt sich zurück, lächelte und reichte ihm sein Notebook, das richtige Exposé oder die Unterarmgehstütze. Perfekt. Er liebte sie fast dafür. Abseits der Kundengespräche meinte er jedoch, einen besorgt-mütterlichen Unterton in ihren piepsigen Äußerungen auszumachen. Dann schämte er sich für das Aufwallen seiner Gefühle.

Liesen-Villa I

Auf der Elbchaussee kurz hinter Othmarschen bremste Melanie den Mustang ab. Das verschnörkelte eiserne Tor stand offen, die Spitzen verbogen und verrostet. Das Tannengebüsch, durch das sich das Grundstück zur Elbchaussee hin abschottete, erschien vertrocknet und ungepflegt, der Putz des Hauses blätterte ab und das Dach war dringend sanierungsbedürftig. Aber was auch immer Herrn Johannson hier sonst noch erwartete – eines war schon jetzt klar: Die Lage der Villa war unbezahlbar. Der Bauzustand war zweitrangig. Das Haus schien mehrfach erweitert worden zu sein, die angebauten Flügel, Erker und Türmchen gaben dem Ganzen etwas Geheimnisvolles. Herr Johannson verschaffte sich einen ersten Überblick, während Melanie das Cabrio langsam den löchrigen, unebenen Weg zum Portal hinauf steuerte. Die Erbin erwartete sie lächelnd an der Haustür. Herr Johannson ging so schwungvoll, wie es seine Unterarmstützen erlaubten, die wenigen Stufen hinauf. Auf dem Treppenabsatz nahm er beide Gehhilfen in die linke Hand und begrüßte die Hausherrin mit einem sehr kräftigen Händedruck, um die Unsicherheit in den Beinen damit zu überspielen:

»Wir hatten telefoniert, Johannson, meine Mitarbeiterin, Frau Jeus.«

Der spöttisch-lächelnde Blick der Kundin, mit dem sie Melanie, das Auto und seine Gehstützen erfasste, ohne sich dazu zu äußern, gefiel ihm auf Anhieb.

»Wie schön, dass Sie kommen, bitte treten Sie nur ein.«

Sie deutete auf die Garderobe: »Wenn Sie ablegen möchten?«

Frau Phillips, die Kundin, war groß, vielleicht etwas fülliger als Annette – so, wie er sich Annette manchmal gewünscht hatte – zum Anfassen. Das Gesicht makellos, dezent geschminkt, warme braune Augen, die Haare braun, glatt und halblang, eine Strähne fiel immer wieder über das rechte Auge und wurde mit einem leichten Kopfschwung zurückgeworfen. Sie wirkte lässig elegant, unauffällig, aber mit Stil. Es war ihm plötzlich unangenehm, dass er Melanie dabei hatte.

Die Frau führte sie in einen großzügigen Wohnraum, der allerdings mit Möbeln verschiedenen Alters und Wertes völlig zugestellt war. Dunkelgrüner Plüsch auf dunklem Holz, zwei verschiedene Sitzgruppen, in einer Ecke ein großer Flügel, der von einer dunkelgrünen Samtdecke verhüllt war. Ein Sekretär, mehrere Anrichten, verschiedene Stile, aber alles dunkles Holz, vermutlich Eiche gebeizt. Die Teppiche auf dem Fischgrätparkett waren chinesischer Herkunft, etwas verblasst, überwiegend Grün-, Grau- und Brauntöne. Die im Bogen gestaltete Fensterfront gab den Blick frei auf eine halbkreisförmige Terrasse, einen verwilderten Garten und dahinter die Elbe, aber das einfallende Licht schien von den Möbeln geradezu verschluckt zu werden. Frau Phillips deutete mit entschuldigender Geste auf das Mobiliar: »Selbstverständlich wird das alles noch ausgeräumt, meine Tante liebte diese Einrichtung ...«

Mit ihrem unsicheren Lächeln erschien sie Herrn Johannson noch attraktiver als vorher. Melanie schaute auf die Elbe, Frau Phillips erzählte von ihrer verstorbenen Tante.

»Sie war ja schon 88 Jahre alt, aber sehr rüstig, eine geborene Liesen, die Enkelin von Eduard Liesen, Sie wissen schon.«

Herr Johannson wusste nicht. Er würde sich näher mit dem Liesen-Clan beschäftigen. Obwohl er schon sein ganzes Geschäftsleben hindurch Mieter der Firma Liesen im Afrikahaus war, gingen seine Kenntnisse nicht weit über das hinaus, was man an der Messingtafel am Haupteingang des Afrikahauses lesen konnte.

1899 IM AUFTRAG VON ADOLPH UND EDUARD LIESEN FÜR DIE 1837 GEGRÜNDETE FIRMA C. LIESEN, DIE LIESEN-LINIE UND DIE DEUTSCHE OST-AFRIKA-LINIE NACH PLÄNEN VON MARTIN HALLER ERBAUT. DER OSTFLÜGEL WURDE 1943 ZERSTÖRT. DAS HAUS DOKUMENTIERT DEN BAUTYP DES HAMBURGER KONTORHAUSES UM 1900, IN IHM VERBINDEN SICH ZWECKMÄSSIGKEIT UND EINE VON HISTORISCHEN VORBILDERN UNABHÄNGIGE FASSADENGESTALTUNG IN DEN FARBEN DER REEDEREI-FLAGGE. AFRIKA-MOTIVE BILDEN DEN CHARAKTERISTISCHEN SCHMUCK, DIE KRIEGERFIGUR SCHUF WALTER SINTENIS.

»Meine Tante hatte gerade eine umfangreiche Sanierung des Hauses geplant, sie war eine rüstige Frau, sie sagte ›Damit ich das Haus in einem ordentlichen Zustand übergeben kann‹. Sie hatte Architekt Schiefer beauftragt, kennen Sie vielleicht, Schiefer, in Gross-Flottbek ...«

Herr Johannson nickte.

»Ja, und dann ist sie so ganz unerwartet gestorben. Ich kann es gar nicht fassen. Wir haben uns sehr gemocht. Sie war mit dem Bruder meines Vaters verheiratet, Rechtsanwalt Robert Butensohn. Mit den Liesens vom Afrikahaus wollte meine Tante nie viel zu tun haben, obwohl Heinrich Liesen, der die Firma jahrzehntelang geleitet hat, ihr direkter Cousin war.«

»Es tut mir sehr leid«, sagte Herr Johannson.

»Ja, sie war eine bewundernswerte Frau, aber zumindest ist ihr ein langes Leiden im Alter erspart geblieben. Gleich der erste Schlaganfall war tödlich. Das war für uns alle ein Schock.«

»Sicher«, sagte Herr Johannson, um irgendetwas zu sagen.

»Ich weiß nicht, wie weit die Planungen bei Schiefer schon sind, Handwerker habe ich noch keine gesehen. Bei den Unterlagen hier habe ich auch keine Rechnungen gefunden. Vor allem das Dach müsste ja gemacht werden, das ist bestimmt der größte Kostenfaktor. Wir würden das alles hier am liebsten möglichst schnell loswerden. Es ist nämlich so, mein Mann und ich betreiben einen kleinen Verlag, Liebhaberei, wenn Sie so wollen. Jedenfalls können wir keine Sanierung hier in der Villa finanzieren. Bargeld ist nämlich nur eine sehr kleine Summe da, der Rest geht laut Testament an ›Ärzte ohne Grenzen‹. Ehrlich gesagt, mein Mann und ich könnten eine Finanzspritze wesentlich besser gebrauchen als eine alte Villa an der Elbchaussee. Die Liesen-Verwandtschaft hat schon signalisiert, dass sie kein Interesse haben, uns zu helfen. Tja, das ist zwar schade um den alten Familienbesitz, aber so ist die Lage. Meinen Sie, diese Sanierungspläne, dieser Auftrag an Architekt Schiefer könnte dem Verkauf im Wege stehen?«

»Aber nein, im Gegenteil, wenn schon Kostenpläne erstellt sind, Anträge formuliert, Genehmigungen erteilt sind, das ist doch nur von Vorteil für einen potenziellen Käufer. Nach meinem ersten Eindruck muss in jedem Fall einiges gemacht werden. Wenn Sie erlauben, werde ich mich umgehend mit dem Büro Schiefer in Verbindung setzen.«

»Es wäre wunderbar, wenn Sie das alles in die Hand nehmen.«

Sie erhob sich.

»Sie möchten sicher die Räume sehen.«

Herr Johannson nickte.

Melanie hatte währenddessen Notizen gemacht, obwohl ja noch gar nichts Entscheidendes verhandelt worden war, aber sie machte wie immer einen kompetenten Eindruck.

Frau Phillips zeigte die Räume, die lange nicht renoviert, aber auch nicht gerade verwahrlost waren. Auch die Bausubstanz schien, soweit Herr Johannson das auf den ersten Blick beurteilen konnte, recht gut zu sein. Die Erbin entschuldigte sich mehrfach für den Zustand und fragte mehr oder weniger indirekt, wie lukrativ Herr Johannson den Verkauf des Hauses einschätzte.

»Es gibt auch einen Energiepass, das ist, glaube ich, jetzt in Hamburg bei einem Verkauf vorgeschrieben?«

Herr Johannson winkte ab: »Machen Sie sich keine Sorgen, bei dieser einmaligen Lage ist der Bauzustand zweitrangig. Und es ist genau der richtige Moment. Die Konjunktur ist noch fest, aber angesichts der erneuten Eurokrise flüchtet das Kapital geradezu in Immobilien, besser hätten Sie es mit dem Zeitpunkt gar nicht treffen können! – Oh, Verzeihung, ich wollte nicht pietätlos erscheinen, selbstverständlich ist der Tod eines nahen Angehörigen immer ein Schicksalsschlag.«

Was redete er da nur? Er versuchte, sich zu sammeln.

Sie gingen zurück in die kleine Halle mit der imposanten Jugendstiltreppe. Er lobte die Ornamente des Geländers, um das Thema zu wechseln.

»So etwas findet man in Hamburg selten, alles Original, oder?«

Frau Phillips schien aber durch seine Bemerkungen gar nicht irritiert, kam vielmehr immer wieder auf den Wert der Immobilie zurück und hätte am liebsten schon heute einen Anhaltspunkt für die Kaufsumme von Herrn Johannson erhalten.

Das war aber nun doch verfrüht. Niemand konnte ahnen, welche Überraschungen dieses alte Gemäuer noch bereit hielt.

»Verstehen Sie mich nicht falsch, gnädige Frau, ich will gern eine Einwertung des Hauses vornehmen, aber bei einem so einmaligen Objekt braucht das seine Zeit, lassen Sie mich erst mit Architekt Schiefer sprechen ...«

Damit ließ sie sich vertrösten. In ihren Augen glaubte Herr Johannson, Besorgnis zu sehen. Um den kleinen Verlag und die Finanzen des Ehepaares Phillips stand es vermutlich nicht zum Besten.

Melanie

Es wurde Ende September, bis Herr Johannson sich endlich von der Unterarmstütze und dem letzten Tape-Verband verabschieden konnte.

»Wir sehen uns nächsten Sommer, dann holen wir die paar Schrauben aus Ihrem Oberschenkel heraus«, entließ ihn der Oberarzt der Unfallchirurgie bei der letzten Kontrolluntersuchung, »und ja, Sie können alles mit dem Bein machen, natürlich auch Sport treiben, das sollten Sie in Ihrem Alter auf jeden Fall tun, man will ja nicht einrosten, das bisschen Metall wird Sie nicht behindern.«

Melanie schaute ganz unglücklich, als er ihr am Abend eröffnete, dass er von nun an keine Chauffeurin mehr brauchen werde.

Am nächsten Morgen lud er sie zu einer Spritztour nach Timmendorfer Strand ein, im Cabrio. Er umfasste das Lenkrad mit der alten Lederummantelung und spürte die Kraft des Motors.

Es war ein warmer Spätsommertag, sie fuhren mit offenem Verdeck, Melanie sah aus wie Audrey Hepburn in einem Film der Fünfzigerjahre mit ihrem großen Tuch, das sie um die Haare geschlungen hatte und einer überdimensionalen Sonnenbrille.

Sie flanierten durch die Fußgängerzone, sie ließ ihn glauben, dass sie sich ernsthaft über den Ring freute, den er ihr kaufte, und gab ihm mitten im Gedränge einen langen Kuss. Im Garten bei Tristan aßen sie zu Mittag. Melanie auf der Strandpromenade mit wippendem Pferdeschwanz, hautengen Jeans und schwarzem Top: Audrey Hepburn, die eine Prinzessin spielt, die für einen Tag inkognito sein möchte. Sie aßen Eis in der Waffel. Melanie fuhr sich mit der Zunge über die Lippen. Herr Johannson sah ihr fasziniert zu, während sein eigenes Eis dahinschmolz. Melanie kicherte. An die hohe Stimmlage hatte er sich längst gewöhnt. Für ein paar lange Stunden glaubte er, jung und unangreifbar zu sein.

Zurück in Hamburg fiel ihm eine Marotte auf: Er stieg wie gewohnt schwungvoll aus dem Auto aus, aber die Bewegung gelang ihm nur, wenn er am Rahmen nachfasste. Er benötigte die Kraft seiner Arme, um seinen Körper hochzustemmen. Er versuchte bewusst, wie früher auszusteigen. Es gelang ihm nicht. Es musste an seinem linken Bein liegen. Er verspürte jedoch weiterhin keine Schmerzen. Bei einem Kräftevergleich mit seinem rechten Bein konnte er keinen Unterschied feststellen. Allein in seiner Garage übte er das Aussteigen aus dem Cabrio. Es gelang schwungvoll und geschmeidig, aber nur durch Nachfassen am Rahmen. Jetzt rächte sich, dass er Sport in jeglicher Form hasste. Ob Melanie seine Bewegungen beobachtete?

    Mit Sicherheit, aber sie erwähnte nie den Altersunterschied.

Dackel

Der Herrenausstatter Dietz & Weinkauf war ein Hamburger Unikat. Außerhalb der City gelegen in einem vom Zweiten Weltkrieg verschont gebliebenen kleinbürgerlichen Viertel, das heute überwiegend von Studenten und Migranten bevölkert wurde, hatte dieses Geschäft es verstanden, den Modernisierungswellen der letzten Jahrzehnte zu widerstehen. Wenn man vor dem Geschäft stand, fühlte man sich in die Fünfzigerjahre zurückversetzt. Die Schaufenster waren klein und gingen nicht bis zum Boden, sie ähnelten eher umfunktionierten Wohnzimmerfenstern. Der auf die Hauswand gemalte Schriftzug ›Dietz & Weinkauf Herrenkleidung‹ und die Tafel im Treppenhaus, die auf die Angebote in den verschiedenen Etagen hinwies, erinnerten vom Schriftbild her an die Email-Reklameschilder von Persil oder Bauknecht, die heute als Dekoration wieder groß in Mode waren. Aber bei Dietz & Weinkauf war nichts nachgemacht, nichts auf Retro getrimmt, auch der schäbige Wandanstrich aus Ölfarbe, der auf halber Höhe die Farbe wechselte, und das abgetretene graue Linoleum stammten aller Wahrscheinlichkeit nach aus der Nachkriegszeit. Zum Nachbarhaus hin war ein Durchbruch geschaffen worden, dessen provisorisches Aussehen offensichtlich ebenfalls seit Jahrzehnten unverändert war. Der Durchgang führte zur Abteilung für Hemden und Krawatten, die auch direkt von der Straße aus betreten werden konnte. Im Haupthaus war jeder Zentimeter Raum ausgenutzt, um Hosen, Jacketts, Mäntel und vor allem Anzüge unterzubringen. Auf lieblos über- und nebeneinander angebrachten Kleiderstangen hingen unzählige Herrenoberbekleidungsstücke von gediegener, preiswürdiger Wertarbeit bis hin zum Luxussortiment mit allen in- und ausländischen Topmarken, aufgereiht in einer Ordnung, die für die Kunden völlig unerklärlich blieb. Alles bei Dietz & Weinkauf war auf die Spitze getriebenes hanseatisches Understatement, bis auf zwei Dinge: die herausragende Qualität der Kleidungsstücke und die unübertroffene Serviceleistung des Personals. Herr Johannson schätzte diesen Laden wegen der hanseatischen Zurückhaltung und der Kompetenz der Mitarbeiter, die lediglich mit einem Blick am Kunden Maß nahmen, um dann im Labyrinth der Kleiderstangen zu verschwinden und mit einem Kleidungsstück von höchstem Passkomfort zurückzueilen. Noch nie hatte Herr Johannson den Laden wieder verlassen, weil irgendetwas nicht gepasst hätte und nicht sogar ausnehmend bequem gewesen wäre, allenfalls lag es an seiner eigenen Unschlüssigkeit, was Stil oder Farben betraf, wenn er wirklich einmal mit leeren Händen wieder ging. Besonders angenehm fand er es, in diesem Hause seiner Sammelleidenschaft für Krawatten zu frönen, da die Mitarbeiter ihn nicht zu beeinflussen versuchten, und er in diesem durch und durch bürgerlichen Geschäft eine ungewöhnliche Auswahl an ausgefallenen Seidenkrawatten vorfand, sodass Herr Johannson dort immer mal wieder einen echten Schatz entdeckte.

Er parkte das Cabrio an einem Bauzaun schräg gegenüber von Dietz & Weinkauf und war damit nur einen Steinwurf von dem Gründerzeit-Stadthaus an der Adenauerallee entfernt, in dem er an diesem Tag eine großzügige und angeblich komplett renovierte Altbauwohnung begutachten sollte.

Der Dackel hatte es sich auf den schmalen Rücksitzen bequem gemacht. Bellas Dackel, dessen Namen ›Aristide‹ Herr Johannson so albern fand, dass er sich weigerte ihn auszusprechen. Den ganzen Morgen schon titulierte er das Tier mit »Hund«, was die Verständigung mit dem sowieso kapriziösen Dackel nicht gerade erleichterte.

›Aristide‹ hatte Flugangst, Bella war mit ihrem neuen Lover auf die Malediven entschwunden und hatte tatsächlich Annette ein Dreivierteljahr vorher dazu gebracht, den Dackel in dieser Zeit aufzunehmen. (»Was soll ich nur machen, ich kann doch Jean-Claude die Reise nicht abschlagen, aber in einer Tierpension wird Aristide an Depressionen sterben, das kannst du doch nicht wollen, Annette!«)

Allen Erwartungen zum Trotz hatte die Beziehung zwischen Bella und ihrem französischen Freund gehalten, zu viert hatte man die Vernissage von Annette in der Galerie Maschmann besucht und am Tag vor dem Abflug wurde Herr Johannson dann von den beiden Damen bekniet, bis er sich bereit erklärte, den Hund für einen einzigen Tag zu versorgen, an dem Annette einen lange geplanten unaufschiebbaren Zahnarzttermin hatte, sie sollte ihre Implantate eingesetzt bekommen.

(»Das Büro wird doch mal einen Tag ohne dich auskommen, Mischa!«) Natürlich rief dann Frau von Bernstorff an, dass eine alte Freundin von ihr in eine Seniorenresidenz umzusiedeln gedenke und dass nur Herr Johannson persönlich ihre wunderschöne Altbauwohnung gewinnbringend veräußern könne, dass nun plötzlich ein Apartment in der Residenz frei geworden sei, dass er sich die Wohnung sofort ansehen müsse und so weiter.

Immerhin hatte er Zeit genug, zuerst noch zu Dietz & Weinkauf zu gehen. Er zerrte das störrische Tier von den Rücksitzen des Ford Mustang und trug es schließlich über die Straße, wobei ihm das bösartige Vieh einen Kratzer auf dem Handrücken beibrachte. Man musste froh sein, von diesem Monster nicht gebissen zu werden. Kaum im Laden, rollte sich der Dackel beleidigt auf dem Linoleum mitten im Durchgang zwischen dem Ladenteil für Hemden und Krawatten und dem Haupthaus zusammen, sodass jeder Mitarbeiter und Kunde über ihn hinwegsteigen musste. Glücklicherweise war zu dieser Vormittagsstunde nicht viel Betrieb bei Dietz & Weinkauf. Herr Johannson versuchte, das hysterische Tier für einen Moment zu vergessen und sich entspannt der einmaligen Atmosphäre, den neu eingetroffenen Seidenkrawatten und den dezenten Hinweisen des Verkäufers zu widmen. Plötzlich aber wandte der Verkäufer den Kopf und deutete stumm in Richtung Durchgang. Herr Johannson legte die dunkelrote Krawatte mit dem feinen Goldstreifen zurück, ging zu dem Hund und berührte ihn nach einigem Zögern am Hals. Er wusste nicht, wo man bei einem Dackel den Puls tasten konnte, aber der Dackel war tot, da bestand kein Zweifel. Er lag ausgestreckt über der Fußbodenschwelle, den Kopf unnatürlich nach hinten verdreht mit geöffneten Augen und einem erstaunten und doch völlig leeren Blick. Herr Johannson erhob sich etwas schwerfällig aus der Hocke und schaute sich ratlos um. Der eben noch so hanseatisch korrekte Angestellte war blass geworden.

Schließlich sagte Herr Johannson:

»Das ist gar nicht mein Hund.«

»Das ist nicht Ihr Hund? Herr Johannson, wenn Sie wollen, rufe ich die Polizei!«

Der Angestellte hatte sich schon zum Kassentisch gewandt.

»Ach, Unsinn, warten Sie! Der Dackel gehört einer Freundin meiner Frau. Die Freundin ist im Urlaub. Der Hund kann nicht allein bleiben und fliegen kann er auch nicht. Ein neurotischer Hund, verstehen Sie? Ja gut, diese Freundin meiner Frau ist auch etwas überspannt. Jedenfalls wollte ich meiner Frau nur einen Gefallen tun, sie hatte für heute einen Zahnarztbesuch geplant. Ich habe den Dackel mitgenommen, obwohl ich gleich einen geschäftlichen Termin habe. So etwas konnte doch keiner ahnen ...«

»Ich rufe die Polizei.«

»Seien Sie nicht albern.«

Herr Johannson wollte den Angestellten am Arm zurückhalten, berührte ihn aber doch nicht, als ihm einfiel, dass er den toten Dackel angefasst hatte.

»Warten Sie«, sagte er eine Spur freundlicher, »die Polizei kann hier auch nicht helfen. Sie haben doch diese großen Kartons für Anzüge, da passt er ohne Weiteres hinein.«

Der Angestellte zog die Augenbrauen hoch, widersprach aber nicht mehr. Er stieg mit einem großen Schritt über die Hundeleiche und verschwand in der Abteilung für Anzüge. Herr Johannson hörte ihn die Treppen hinaufsteigen. Als der Verkäufer zurückkam, blieb er vor dem Dackel stehen. Es war keiner von den typischen Dietz & Weinkauf-Kartons mit den dezenten Streifen, den er da entfaltete, sondern ein glänzender, schwarzer Karton mit dem weißen Bugatti-Schriftzug und innen mit schwarzem Seidenpapier ausgeschlagen. Er reichte den Karton mit ausgestrecktem Arm zu Herrn Johannson hinüber. Direkt unter den Augen des Verkäufers war es Herrn Johannson unangenehm, den Dackel noch einmal zu berühren. Ungeschickt hob er ihn an und mit einem merkwürdig hohlen Geräusch landete der Körper in dem edlen

Karton. Das goldene Halsband sah jetzt deplatziert aus, aber Herr Johannson entschied sich gegen eine weitere Berührung, rollte die Hundeleine auf und legte sie neben den Hundekopf. Der Deckel ließ sich nur mit Mühe schließen. Herr Johannson hob die Kiste vorsichtig mit beiden Armen an und ging, die Arme so weit wie möglich vorgestreckt, zur Tür. Der Angestellte hatte tatenlos zugesehen, jetzt lief er eilfertig hinter ihm her und hielt ihm in leicht gebeugter Haltung die Tür auf.

»Wenn Sie sich gleich in unserem Kundenwaschraum ein wenig frisch machen möchten?«

Er wartete in der offenen Tür, bis Herr Johannson von seinem Cabrio zurückkam.

Herr Johannson stieg die Treppen in der Anzug-Abteilung hinauf, hier sah er vereinzelt Kunden und Mitarbeiter, die aber zum Glück anscheinend nichts von dem Geschehen in der Krawattenabteilung mitbekommen hatten. Herr Johannson wusch sich sehr intensiv die Hände, bis er nur noch den durchdringenden Duft der Herrenseife roch. Als er ins Erdgeschoss zurückkam, bediente der Verkäufer in der Hemden- und Krawattenabteilung einen neuen Kunden.

Herr Johannson räusperte sich.

»Mir steht der Sinn jetzt nicht mehr nach Seidenkrawatten. Ich komme ein anderes Mal wieder. Ich habe noch einen Termin.«

Der Angestellte murmelte: »Wie Sie meinen, Herr Johannson«, und sah dabei seinen neuen Kunden an. Diesmal brachte er ihn nicht mehr zur Tür. Herr Johannson spürte beim Hinausgehen die Erleichterung in seinem Rücken.

Ein kurzer Blick auf seine Uhr sagte ihm, dass er jetzt fast zu spät zu der Begutachtung der Altbauwohnung kam. Die Wohnung lag keine zweihundert Meter entfernt. Ein lukratives Objekt, 154 qm, Stuckdecken, neu renoviert. Wenn die Preisvorstellungen der Besitzerin nicht zu unrealistisch waren, ließ sich dafür sicher ohne Schwierigkeiten ein Interessent finden. Herr Johannson fiel in einen leichten Laufschritt. Nach wenigen Metern die Adenauerallee hinunter kam er jedoch schon außer Atem. Lieber zu spät als außer Atem und womöglich verschwitzt einen Kundentermin wahrnehmen. Er zügelte seine Schritte.

In einer Weise fühlte er sich befreit. Es entsprach nicht seinen Gewohnheiten, mit einem Dackel zu einem geschäftlichen Termin zu erscheinen. Über weitere Konsequenzen wollte er jetzt nicht nachdenken. Das bestürzte Gesicht von Annette, die Entscheidung, ob die traurige Nachricht der Hundebesitzerin mitten im Urlaub überbracht werden sollte, nein, das musste alles warten.

Genau zur vereinbarten Zeit zog Herr Johannson seine Krawatte gerade und betrat die Altbauwohnung.

Als er nach einer halben Stunde wieder auf der Straße stand, hatte er ein gutes Geschäft angebahnt.

Je näher er aber dem Cabrio kam, umso stärker kehrte die Beklommenheit zurück. Solche Auseinandersetzungen mit Annette liebte er gar nicht. Sie verstand es ungeheuer gut, Schuldgefühle in ihm zu wecken. Und Bella erst, er wollte sich nicht ausmalen, wie er ihr gegenüber treten könnte. Eine exaltierte, nicht mehr junge Frau, die ihr Pech mit Männern durch einen neurotischen alten Hund kompensierte!

(»Dackel sind trendy! Wisst ihr, dass Dackel jetzt absolut hipp sind? Aristide und ich sind unserer Zeit mal wieder weit voraus! Möpse sind völlig out. In Hamburg soll nächsten Monat endlich ein Daxhound-Club gegründet werden ...«)

Dabei war Herr Johannson doch völlig schuldlos an der Situation. Er musste irgendwie seine Souveränität zurückgewinnen, bevor er die Konfrontation wagte.

In dem Moment fiel sein Blick auf das nur noch wenige Meter entfernt stehende Cabrio: die Rücksitze waren leer, der große schwarze Karton mit dem weißen Schriftzug war verschwunden.

Annette sah bedauernswert aus. Beide Wangen waren geschwollen, die rechte leicht bläulich verfärbt, die Lippen zur Seite hin verschoben, die Augen glanzlos, sogar das Haar hing strähnig herab, als hätte sich die Dauerwelle während des Tages verflüchtigt. Mit dem Einsetzen der Implantate schien es nicht zum Besten gelaufen zu sein.

»Lass mich bloß in Ruhe!«, nuschelte sie, als Herr Johannson zur Tür hereinkam. Er ging zu ihr und wollte sie in den Arm nehmen, aber sie entzog sich ihm. Da richtete er sich wieder auf und begann eine Wanderung durch den Raum.

»Annette, ich weiß nicht, wie ich anfangen soll ..., ich sehe ja, wie schlecht es dir geht, aber ich muss dir etwas erzählen ..., es ist etwas passiert ..., nicht, dass du nachher meinst, ich hätte dir etwas verschweigen wollen ...«

»Is schon egal ...«, Annette bekam die Zähne kaum auseinander, »... schlimmer kann's sowieso nicht mehr kommen, schieß los! Wo ist Aristide?«

Und Herr Johannson erzählte haarklein, was ihm mit dem Dackel Aristide widerfahren war, und versuchte dabei, einen zerknirschten oder wenigstens betroffenen Eindruck zu machen. Annettes Augen wurden größer, kopfschüttelnd hörte sie ihm zu, aber sie unterbrach ihn nicht. Als er geendet hatte, meinte sie nur:

»Ich fasse es nicht!«

Sie stand auf und ging an ihm vorbei nach oben ins Bad. In der Woche darauf sprachen sie nur das Nötigste miteinander.

Nachdem geklärt war, dass sie Bella auf keinen Fall den Urlaub verderben wollten, kam Annette nicht mehr auf den Vorfall zurück.

Belle du jour

Melanie war nicht da. Schon seit über einer Woche hielt sie sich in irgendeinem Kaff in der Nähe von Rothenburg ob der Tauber auf, dessen Namen Herr Johannson nicht behalten konnte. Ihre Mutter war krank.

Er leerte den Briefkasten und trug die Post hinauf in den vierten Stock. Er öffnete die Fenster und genoss die Aussicht über den Hafen. Er goss die Blumen. Als er mit der Gießkanne am Esstisch vorbeikam, fiel sein Blick auf einen Brief, der oben auf dem Reklamestapel lag: Absender Escort-Service ›Belle du jour‹. Er stockte und setzte die Gießkanne ab. Melanie bekam Post von einem Escort-Service? Hostessen und ähnliches? Er setzte sich und nahm den Brief näher in Augenschein. Er war nicht an Melanie, sondern an eine Sarah Werner adressiert. Werner, der Name kam ihm bekannt vor, der Briefkasten neben Melanies? Escort-Service in der Wohnung nebenan? Ortmann hatte ihm doch schon vor Monaten den entscheidenden Hinweis gegeben. Warum hatte er eigentlich nichts unternommen? Erst hatte er sich nicht entschließen können, wie er Börnsen darauf ansprechen sollte, um es dann einfach einfach zu vergessen. Hier am Vasco-da-Gama-Platz, direkt neben seiner Wohnung hatte Börnsen einen Begleitservice einziehen lassen? Das war ein starkes Stück! Wovon hatte Ortmann damals geredet? Verkauf an gut betuchte Investoren und Vermietung an Edelnutten? Herr Johannson nahm den Brief und ging am Fahrstuhl vorbei zur Nachbarwohnung. Kein Name an der Tür. Er klingelte.

Eine Dame öffnete, sehr ansprechend, aber unauffällig gekleidet und nur dezent geschminkt.

»Entschuldigung, sind Sie Frau Werner? Ich bin der Mieter der Nachbarwohnung, Johannson, wir kennen uns gar nicht ...«

Er versuchte, einen Blick an ihr vorbei in die Wohnung zu werfen. Frau Werner war sehr kurz angebunden, ließ ihn nicht ein und meinte nur, das nächste Mal solle er die Post einfach in den richtigen Briefkasten werfen.

Er hatte sich die Adresse des Absenders notiert. Das Büro von ›Belle-du-jour – Escort-Service‹ befand sich in der Neustadt, nicht weit vom Springerhaus. Am nächsten Morgen stand Herr Johannson vor dem Eingang des unauffälligen Bürohauses, ohne überlegt zu haben, wie er eigentlich vorgehen wollte. Der Summer ertönte, im Fahrstuhl das gleiche dezente Messingschild wie an der Straße. Im dritten Stock wurde er von einer Empfangsdame angesprochen:

»Guten Tag, mein Herr, was kann ich für Sie tun? Darf ich Ihnen etwas aus unserem Angebot zeigen?«

»Nein danke, ich komme von Herrn Börnsen ... Immobilien ..., Sie wissen schon.«

»Ach, darum kümmert sich die Chefin immer selbst, hatten Sie einen Termin?«

»Nein, ich hätte da nur ...«

»Einen Moment bitte, ich werde nachfragen, ob Frau Gregorius Zeit für Sie hat.«

Die Chefin kam aus dem dahinter liegenden Büro. Sie war keine Schönheit, sehr strenge, männliche Züge, vorgealtert, zu viel Sonnenbank, aber genau so seriös in einen dunkelblauen Hosenanzug gekleidet wie ihre Mitarbeiterin. Die Damen und das Büro strahlten ein solides Geschäftsgebaren aus.

Er streckte Ihr die Hand entgegen:

»Mein Kollege Herr Börnsen ist leider verhindert.«

»Hatten wir denn heute einen Termin mit Herrn Börnsen? Davon weiß ich gar nichts. Ich habe zwar neulich nachgefragt wegen eines kleinen Apartments, aber er hat mich vertröstet, im Moment sei nichts Geeignetes am Markt. Dann haben Sie jetzt etwas mitgebracht?«

»Nun ja, möglicherweise«, Herr Johannson zückte sein Notebook.

»Herr Börnsen schickt mir in der Regel sonst immer erst eine E-Mail. Aber kommen Sie gern durch in mein Büro, ich kann es mir ja einmal ansehen, wie war doch gleich Ihr Name?«

»Schmidt«, sagte Herr Johannson, »Schmidt mit dt.«

Das Apartment, dessen Exposé er zufällig noch im Notebook gespeichert hatte, gefiel Frau Gregorius nicht und Herr Johannson versuchte nicht, es ihr schmackhaft zu machen. Immerhin lernte er, dass es Servicewohnungen gab, die ähnlich wie in einem Stundenhotel von verschiedenen Klienten und Hostessen genutzt wurden, insbesondere von auswärtigen Klienten, die aus Gründen der Diskretion nicht in ihrem eigenen Hotel von einer Dame des Escort-Service besucht werden wollten. Außerdem gab es sogenannte Modellwohnungen, in denen die Begleiterin gleichzeitig lebte und arbeitete. So wie Frau Werner in Melanies Nachbarwohnung.

»Aber das Apartment, das Sie da mitgebracht haben, das geht nun wirklich gar nicht! Der Wohnungskomplex ist viel zu klein, und dann der Parkplatz, von allen Seiten einsehbar! Das verstehe ich nicht, Herr Börnsen arbeitet doch schon so lange mit uns zusammen ...«

Frau Gregorius schien sehr befremdet.

Herr Johannson versuchte, sie zu beschwichtigen, den Irrtum auf seine Kappe zu nehmen und sich dann rasch zu verabschieden.

Als er nach einer halben Stunde aus dem unscheinbaren Bürogebäude wieder auf die Straße trat, war er erschöpft, zu erschöpft, um wütend zu sein.

Er würde schnell handeln müssen, bevor Börnsen mitbekam, dass er sich als sein Mitarbeiter ausgegeben hatte. Minutenlang saß er im Mustang, ohne loszufahren.

Warum tat Börnsen so etwas? Selbst wenn er Prämien von den Käufern oder Eigentümern bekam und von den Mieterinnen überhöhte Provisionen forderte, reich werden konnte man davon sicher nicht. So groß war der Markt für Edelprostitution selbst in einer Stadt wie Hamburg nicht. Oder? Was wusste Herr Johannson davon? Was, wenn dies nur die Spitze eines Eisbergs war von halblegalen Immobiliengeschäften, Prostitution und Geldwäsche, Verbindungen zur Mafia, zum organisierten Verbrechen? Im Grunde genommen traute er Börnsen alles zu.

Er würde sich von ihm trennen müssen. Er sah schon die Schlagzeile vor sich:

›Alteingesessenes Hamburger Immobilienunternehmen ins Rotlichtmilieu verstrickt!‹

Keine Polizei, er wollte seinen guten Namen nicht mehr als nötig in Gefahr bringen, außerdem war ja gar nicht klar, ob Börnsen mit seinen Machenschaften überhaupt gegen irgendein Gesetz verstieß. Wenn davon auch nur der Hauch eines Gerüchtes in Umlauf kam, war sein Ruf für immer beschädigt. Dabei, Ortmann wusste längst davon, und wer wohl sonst noch, sicher der halbe Rotary Club! Er musste Börnsen zur Rede stellen. Er musste sich von ihm trennen.

Er fühlte sich so müde.

Am nächsten Tag blieb Herr Johannson länger im Büro. Als schon alle gegangen waren, durchsuchte er den PC und die Ordner nach alten Abrechnungen und Unterlagen. Sowohl das Apartment 4a als auch das Apartment 4b am Vasco-da-Gama-Platz waren über das Notariat Degenhardt abgewickelt worden. Käufer Siebell Wohnungsverwaltungen und Gregorius (also kein Ortmann oder Linde?). Kaufsumme, Provision, Steuern, Gebühren, alles korrekt abgerechnet. Die Vermietung des Apartments 4b an Frau Werner war ebenfalls über Börnsen gelaufen, aber auch hier keine Unstimmigkeiten, das Büro ›Johannson und Winkler‹ hatte von Frau Werner die korrekte Provision erhalten. Es war zu vermuten, dass Alexander Börnsen seine Privatgeschäfte an den Büchern vorbei in bar abwickelte.

Hennebergpark

Am Freitag – Herr Johannson hatte die unselige Dackelgeschichte schon weitgehend vergessen – stand Bellas Wagen vor dem Haus in Pöppendorf, als er aus dem Büro nach Hause kam. Sie saß auf dem Sofa, den Rücken gerade durchgedrückt, als ekelte sie sich vor der Lehne. Sie starrte hinaus in den Landregen. Tränen rannen über ihr Gesicht. Sie wischte sie nicht ab, sie glänzten wie eine Anklage. Annette saß im Sessel daneben. Herr Johannson blieb stehen. Er fühlte sich fehl am Platz. Sein Schulterzucken sollte Hilflosigkeit ausstrahlen, wirkte auf die beiden Frauen aber eher, als wollte er sagen ›was geht mich das an‹.

»Mit sowas treibt man keine Scherze, Mischa!«

Bellas Stimme war weinerlich.

»Es ist kein Scherz, tut mir leid!«

Herr Johannson zuckte erneut.

»Es war genauso: Der Hund lag plötzlich tot auf dem Linoleum und der Karton aus dem Auto war nachher weg!«

Annette blickte ihn tadelnd an: »Aber Mischa, wie konntest du auch nur das Verdeck von dem Wagen offen lassen? Das tust du doch sonst nie! Ich fasse es nicht!«

Sie beugte sich zu Bella und umfasste beide Schultern ihrer Freundin. Bella schluchzte laut auf.

»Und das Schlimmste, das Schlimmste wisst ihr ja noch gar nicht! Jean-Claude ist nicht mehr in Hamburg und er will auch nicht auf Dauer hierherkommen. Und er will auch nicht ...«

Bella wurde von einem Weinkrampf geschüttelt, »... Er will auch nicht, dass ich nach Paris ziehe. Er sagt, das könne er nicht von mir verlangen, dass ich mein Leben hier aufgebe. Einer selbstbestimmten Partnerschaft werde die Entfernung gut tun! Und nun ist Aristide ... Was soll ich denn jetzt machen?«

Die letzten Worte gingen in erneutem Schluchzen unter.

Annette hielt Bellas Hand und sagte: »Oh Gott, Bella, du Arme, ich bin bei dir!«

Herr Johannson sagte nichts, er fühlte sich im Recht. Er war nicht verantwortlich für die Ansichten französischer Liebhaber und der Dackel war ohne sein Zutun gestorben, vermutlich an Altersschwäche. Er hatte seinen Termin einhalten müssen. Und wer denkt schon daran, dass jemand einen toten Dackel stehlen könnte. Er war schuldlos schuldig geworden.

Annette kam noch einmal auf die Geschichte zurück. Sie versuchte, sich den Ablauf des Geschehens klar zu machen:

»Aber wenn da jemand einen Anzug klauen wollte, der muss doch gemerkt haben, wie schwer der Karton war, das fühlt sich doch ganz anders an!«

Bella widersprach: »Wieso schwer? Aristide war nicht zu dick!«

»Das habe ich nicht gesagt, ich meine nur ...«

Nach einiger Zeit entfernten sich die Stimmen der beiden Frauen immer mehr. Herr Johannson sah die Diebe des schwarzen Bugatti-Kartons vor sich, die Enttäuschung und Verwunderung, vielleicht sogar die Läuterung, die Betroffenheit angesichts eines derartig skurril gescheiterten Eigentumsdelikts. Er musste innerlich lächeln. Dann dachte er an das Halsband, vielleicht war der Schmuck des Dackels ja auch echt gewesen ..., da könnte eine Hundeleiche fast nebensächlich werden – doch nicht so skurril gescheitert.

Natürlich äußerte er nichts darüber, die beiden Frauen machten nicht den Eindruck, als könnten sie sich für das Kinohafte dieser Situation erwärmen. Aber einmal amüsiert, kam ihm die Wohnungssuche für Bella vor drei oder vier Jahren in den Sinn.

»Aristide und ich, wir brauchen beide einen Ort, an dem wir ein Zu-Hause-Gefühl entwickeln können«, hatte Bella gesagt. Befragt, wie sie sich das genau vorstellte, blieb sie eher vage. Das Gängige kam: ruhige Gegend, stadtnah, hell, groß genug – und – ein eigenes Zimmer für den Hund. Herr Johannson hatte schon viele Marotten bei Immobilienkunden erlebt. Die Phobiker, die wegen Höhenangst nur im Erdgeschoss leben konnten oder wegen Angst vor Einbrechern gerade nicht im Erdgeschoss, aber die Feuertreppen und Blitzableiter vermissten oder die angezeigten Fluchtwege abgehen wollten, bevor sie eine Entscheidung treffen konnten. Oder ein sportlicher Enddreißiger, der die Treppen in einem Einfamilienhaus daraufhin checkte, ob ein Treppenlift eingebaut werden könnte, weil er mit seiner Familie darin alt werden wollte. Oder das homosexuelle Pärchen, das im Garten ein Pissoir errichten wollte, dafür aber leider keine Baugenehmigung bekam ... und, und, und.

Nun also ein eigenes Zimmer für den Hund, warum nicht? Herr Johannson fand eine Eigentumswohnung in Eppendorf direkt am Kellinghusenpark, vier Zimmer, zwei Balkone und zwei Bäder. Ein schmales Zimmer neben der Küche hatte einen eigenen kleinen Balkon und das Bad direkt nebenan.

Bella war überwältigt.

»Schau nur, Aristide, du bekommst ein eigenes Zimmer und einen Balkon!«

Sie setzte den Hund ab und umarmte Herrn Johannson, der es etwas steif über sich ergehen ließ.

»Mischa, du bist der Größte! Das ist traumhaft, einfach traumhaft!«

Auf den leicht überzogenen Preis ging sie überhaupt nicht ein. Der Hund stand schon auf dem Balkon und bellte. Es war ein gutes Geschäft gewesen.

Herr Johannson wunderte sich. Er wunderte sich über die ungewöhnliche Geschichte, die ihm widerfahren war, besonders aber wunderte er sich, wie unwichtig ihm das Ganze erschien. Er sah auf die schluchzende Bella und die vorwurfsvolle Annette und empfand – nichts. Vielleicht ein Hauch von schlechtem Gewissen, nein, eigentlich nicht, kein Mitleid, obwohl er sah, dass Bella tief getroffen war. Er spürte eine seltsame Kälte. Er mochte keine Hunde, schon gar keine neurotischen, Bella hatte ihm nie viel bedeutet, Annette bedeutete ihm nur etwas in seinen Erinnerungen. Vor langer Zeit war da so etwas wie Liebe gewesen. Aber jetzt? Seine Gefühle schienen ihm auf ein Minimum reduziert. Es war schon seltsam. Erst waren da nur die Sprachstörungen gewesen, diese merkwürdige Abkopplung der Sprache von den Gedanken. Verlor er nach seiner Sprachfähigkeit nun seine Gefühle? Oder hatte der Gefühlsverlust sogar schon vorher begonnen? Es war nicht vergleichbar, aber Gefühle zu verlieren machte ihm weniger Angst, als die Sprache zu verlieren. Mit seltener Klarheit wusste er, dass nur ein Hirntumor derartige Veränderungen hervorrufen konnte, gleichgültig, was die Ärzte dazu sagten. Sie hatten den Tumor nicht entdeckt, übersehen. Oder ihn absichtlich im Unklaren gelassen? Wie langsam, wie schnell wächst ein Hirntumor? Was beeinflusst dieses Wachstum?

Er brauchte jetzt Ruhe.

»Ich denke, es ist alles gesagt. Ich mache einen Spaziergang. Ich hatte einen harten Tag.«

Bella schluchzte wieder, Annette streichelte die Schulter ihrer Freundin und warf ihrem Mann einen verständnislosen Blick zu.

Herr Johannson ging in die Diele und zog sich eine Jacke über, die Haustür fiel hinter ihm ins Schloss. Der Weg durch den Garten wäre kürzer gewesen, aber der Gedanke an die Blicke der Frauen im Rücken ließ ihn die Straße entlang gehen und den kleinen Weg zur Alster hinunter einschlagen. Der Hennebergpark nahm ihn auf. Er setzte sich auf die Bank im Schilf, wo man die Holzbrücke einsehen konnte. Kleine Propeller schwebten über der träge fließenden Alster. *Wie heißen die Früchte des Ahorns?* Sie drehten sich so schnell, dass man ihre Gestalt nur noch erahnen konnte. Der Wind trug sie, sekundenlang standen sie wie kleine Hubschrauber über dem Wasser. Herr Johannson war nicht botanisch interessiert, aber wie die meisten Menschen kannte er Kastanien, Bucheckern und Eicheln. Hieß es wirklich ›Bucheckern‹ und ›Eicheln‹? Über die Kastanien war er sich sicher, vielleicht waren es aber vielmehr ›Buchecken‹ und ›Eichen‹? Nein, nicht ›Eichen‹, so hießen ja die Bäume.

Die kleinen Propeller schwebten. Ahornpropeller. Verblüffend, dass es so einfache Dinge gab, oft gesehen, aber unbenannt, zumindest im Gehirn von Herrn Johannson. Ahornhubschrauber? Ahörner, Ahörnchen, Ahornecken. Wozu war die Sprache gut, wenn man die einfachsten Dinge willkürlich benennen musste? Willkür der Sprache, weit weg von Ideen und Gedanken – und Gefühlen. Er sah den immer neu herabschwebenden Propellern nach. Er nahm sich vor, die Früchte (die Samen?) des Ahornbaumes zu googeln, und wusste doch gleich, dass er entweder das Googeln selbst vergessen würde oder die dabei gewonnenen Informationen. Er ließ die Gedanken an die Ahornpropeller los und mit ihnen löste sich ein Rest schlechten Gewissens wegen eines neurotischen, toten, gestohlenen Dackels über der Alster auf.

Jogger und Hundebesitzer zogen vorbei und nahmen alle weiteren Inhalte von Herrn Johannsons Gehirn mit. Nur der Tumor blieb und verwob die Leere mit der Außenwelt. Herr Johannson fühlte einen angenehmen Gleichklang.

Liesen-Villa II

Architekt Schiefer zeigte sich sehr kooperativ. Er gewährte Herrn Johannson Einblick in all seine bisherigen Planungen das Liesen-Haus betreffend. Für ihn war der baldige Verkauf des Hauses an einen finanzstarken Kunden die einzige Hoffnung, den Auftrag zu Ende führen zu können. Der Architekt hielt die Bausubstanz trotz der langjährigen Vernachlässigung durchaus für sanierungsfähig. Zur Verbesserung der energetischen Bilanz hatte er Frau Butensohn vorschlagen wollen, neben der Neueindeckung des Daches einschließlich vorgeschriebener Dämmung auch gleich die Fassaden mit einer Wärmedämmung zu versehen und die Fenster zu erneuern, was jedoch ein nicht unerheblicher Kostenfaktor wäre. Das Heizungssystem war bereits 2005 komplett erneuert worden und die sonstige Renovierung im Innenbereich könnte kostenmäßig in Grenzen gehalten werden, da alle historischen Elemente wie Stuck, Holzverkleidungen und Treppen sehr gut erhalten seien. Natürlich müsse auch die Küche und ein Großteil der Bäder komplett neu eingerichtet werden. Zwischen Haupthaus und Anbau ließe sich bei Bedarf ohne größere Schwierigkeiten ein Fahrstuhl einbauen.

In Anbetracht der nicht unerheblichen Folgekosten für eine Sanierung und bei einer Grundstücksgröße von 6520 Quadratmetern berechnete Herr Johannson letztendlich einen Kaufpreis von 4.250.000 €.

Börnsen machte die Fotos wie immer selbst und das Exposé, das danach an Börnsens Computer entstand, war bestechend.

»Top-Lage! Traumvilla direkt an der Elbe für die anspruchsvolle private Nutzung oder repräsentative Gewerbedarstellung, 530 qm Nutzfläche inkl. Einliegerwohnung im Anbau auf 6500 qm Parkgrundstück, Spätjugendstil, Baujahr 1911, teilsaniert ... Terrasse mit Elbpanorama, lichtdurchflutete, großzügige Räume ...«

Die Fotos zeigten den Elbblick von der Terrasse bei Sonnenschein, interessante Jugendstildetails vom Treppenhaus und von dem Mosaik im Eingangsbereich und eine Totale, bei der Erker und Türmchen sehr ansprechend hervortraten, während das sanierungsbedürftige Dach weitgehend von den ausladenden Ästen einer alten Rotbuche verdeckt wurde. Ohne zu lügen oder irgendwelche Mängel zu verschweigen, gelang es Börnsen virtuos, dass man sich einfach in das jeweilige Objekt verlieben musste. Börnsen war unersetzlich. Herr Johannson fühlte sich müde, aber es blieb noch viel zu tun.

Schon seit Jahren hatte er die Gewohnheit, bei größeren Objekten, soweit es sich um Altbauten handelte, zusätzlich zu einer Überprüfung der Bausubstanz eine genaue historische Analyse zu erstellen. Baujahr, Bauherren, spätere Besitzer und deren Geschichte. In seinen Anfängerzeiten als Makler war es gelegentlich vorgekommen, dass potenzielle Käufer ihn auf die Vorgeschichte, zum Beispiel auf Enteignungen in der Nazizeit, hinwiesen, ohne dass Herr Johannson auch nur die leiseste Ahnung von den Vorgängen gehabt hatte. So war ein Kaufinteressent einmal empört von einem Objekt zurückgetreten, weil er Herrn Johannson unterstellte, dieser habe ihn absichtlich über die Tatsache im Unklaren gelassen, dass die Villa vor dem Zweiten Weltkrieg einer jüdischen Familie gehört hatte, die enteignet worden war, und dass die genauen Eigentumsverhältnisse bis heute ungeklärt waren. Um solche Unannehmlichkeiten zu vermeiden, war Herr Johannson bei seinen Recherchen im Laufe der Jahre immer genauer geworden. Das brachte den Vorteil, dass man kleine historische Details bei der Vorstellung des Objektes einfließen lassen konnte, was dem Exposé und den Führungen vor Ort einen sehr kompetenten Anstrich gab.

Die Recherche zur Villa Liesen gestaltete sich unerwartet einfach. Schnell wurde Herrn Johannson deutlich, dass die Firma Liesen in der Hamburger Kaufmannschaft einst eine herausragende Rolle gespielt hatte, die in zahlreichen Büchern und Einträgen im Internet dokumentiert war. Eduard Liesen, der Erbauer der Villa, war der Bruder des Reeders und Kaufmanns Adolf Liesen, des ›großen Hanseaten‹.

Die Firma war 1837 gegründet worden, zunächst als Exportfirma für Textilien. Unter Adolf Liesen aber gewann sie, wie man heute sagen würde, globalen Einfluss. Adolf baute die Schiffsflotte aus, gründete Handelsniederlassungen in Liberia, Kamerun und Deutsch- Südwest-Afrika und schließlich die Westafrikalinie, die erste reguläre Schifffahrtslinie der Welt. Das Afrikahaus wurde 1904 als Verwaltungssitz gebaut und in dieser Zeit gab es in Deutschland wohl kaum einen Liter Palmöl und kaum einen Sack Kakao, der nicht von den 300 Angestellten in den Kontoren des Afrikahauses verrechnet worden war. Weltweit beschäftigte die Firma Liesen um 1900 etwa fünftausend Europäer und fünftausend Afrikaner. Vor dem Ersten Weltkrieg ging das Gerücht durch die Presse, Kamerun solle aufgeteilt werden und ein Viertel sei für Adolf Liesen reserviert. Die Regierung in Berlin dementierte.

Adolfs Bruder Eduard Liesen trat 1890 in die Firma ein. Eduard übernahm rasch das Tagesgeschäft und wie sein Bruder zeigte er keinerlei Skrupel den Afrikanern gegenüber. Adolf hingegen widmete sich mehr und mehr der Politik. Er war seit 1884 Reichstagsabgeordneter und hielt sich bald häufiger in Berlin als in Hamburg auf.

In Afrika arbeitete man mit dem Trustsystem, einem perfiden System moderner Versklavung. Es bestand darin, die Arbeitsleistung der Eingeborenen nur in Form von Waren, zum Beispiel Alkohol, abzugelten. Diese Sachleistungen wurden grundsätzlich teurer verrechnet als die geleistete Arbeit, und so gerieten sowohl die geschundenen Arbeiter, als auch die Stammesfürsten, die immer wieder für Nachschub von Arbeitskräften zu sorgen hatten, rasch in eine endlose Schuldenspirale. Auch kaufte man schwarzen Fürsten wie dem König von Dahomé ihre Sklaven ab, angeblich, um sie zu befreien, in Wirklichkeit, um frische Arbeitskräfte für die unzähligen Palm- und Kakaoplantagen zu bekommen.

In Berlin konnte Adolf Liesen derweil das größte Geschäft seines Lebens anbahnen. 1904 brach der Hereroaufstand in Deutsch-Südwest aus, der von der deutschen Reichsregierung nur niedergeschlagen werden konnte, weil die Reederei Liesen (zu angeblich überhöhten Preisen) in kürzester Zeit für die Verschiffung von fünfzehntausend Soldaten mit ihren Pferden, ungezählten Waffen und anderer Ausrüstung, bis hin zu

Trinkwasser und Schnaps von Hamburg in die Lüderitzbucht in Südwestafrika sorgte. Der Hereroaufstand sollte zum ersten Völkermord des zwanzigsten Jahrhunderts führen, man ließ die eingekesselten Hereros einfach in der Wüste verdursten, fast zwei Drittel des Stamms wurden ausgerottet.

Es gab zwar schon damals vereinzelte Stimmen, die Adolf Liesen vorwarfen, er habe sich am Hereroaufstand persönlich bereichert, aber für die Reichsregierung blieb er mit seiner Reederei und seiner Erfahrung in Afrika unersetzlich.

Eduard Liesen hatte mit Frau und vier Kindern viele Jahre beengt im Stadthaus der Familie Liesen in der Rabenstraße gelebt, das auch von Adolfs Familie neben ihrem Landsitz bei Trittau teilweise bewohnt wurde. Zu Beginn des neuen Jahrhunderts, auf der Höhe der geschäftlichen Erfolge – hundertsieben Dampfschiffe liefen unter dem Namen Liesen auf allen Weltmeeren – konnte man endlich daran denken, auch für Eduard ein standesgemäßes Domizil zu errichten. Der Bauplatz an der Elbchaussee war schnell gefunden und Ernst Paul Dorn, einer der wenigen Architekten des Jugendstils in Hamburg, wurde beauftragt, eine moderne, helle Villa zu entwerfen, die den Blick auf die Elbe freigab, damit sich Eduard daran erfreuen konnte, ein Liesen-Schiff vorbeiziehen zu sehen. 1911 war der Prachtbau fertiggestellt. Dorn hatte die Villa in reinem Jugendstil entworfen, zu dieser Zeit schon nicht mehr die neueste Mode, man baute in Hamburg eher neoklassizistisch, aber der Bauherr Eduard Liesen erfüllte sich und seiner Frau damit einen Lebenstraum. Erker mit Rundbögen, gusseiserne Rankengitter an den Balkonen, ein Turmzimmer und die großzügige Terrasse zur Elbe hin ließen das Haus wie ein kleines Märchenschloss erscheinen.

Als Adolf Liesen 1912 starb, war Eduard alleiniger Herr des weltumspannenden Unternehmens, konkurrenzlos im immer wichtiger werdenden Kolonialwarenhandel.

Im Ersten Weltkrieg begann der Stern der Reederfamilie allerdings schon wieder zu sinken. Obwohl Adolfs Sohn Kurt das Reedereigeschäft übernahm und Eduards Sohn Paul sich im Afrikahandel engagierte, vermochte die Firma ihre Stärke durch zwei Weltkriege und eine Inflation hindurch nicht zu retten. Die Schiffsflotte wurde von den Siegermächten beschlagnahmt und viele Niederlassungen in Afrika mussten aufgegeben werden.

Wenn die Zeiten auch immer schwieriger wurden, so hielt Eduard doch eisern an seinem Wohnsitz fest, solange er lebte. Die Villa war das Symbol seines Erfolges, die Krönung seines Lebenswerks.

So überstand das Haus an der Elbchaussee alle Wirren des zwanzigsten Jahrhunderts, wenn auch mit Einquartierung und Vermietung, An- und Umbauten. Paul Liesen verbrachte sein Leben dort und vermachte die Villa seiner einzigen Tochter Henriette. Deren Ehe mit dem langjährigen Rechtsanwalt der Familie Liesen, Robert Butensohn, blieb kinderlos. Eine Erbschaft des Herrn Butensohn in den siebziger Jahren versetzte das Ehepaar in die Lage, die Villa wieder allein zu bewohnen und einigermaßen in Stand zu halten. Henriette hatte in ihrem Testament den Rest ihres Vermögens einer Stiftung vermacht und die Villa ging an eine Tochter ihres Schwagers Butensohn, zu der Henriette ein sehr gutes Verhältnis hatte, fast als wäre sie ihre Tochter, eben Maja Phillips.

Das in den neunziger Jahren von Grund auf sanierte Afrikahaus war nach wie vor Firmensitz von Liesen Import & Export und die guten Kontakte zum schwarzen Kontinent überlebten alle Turbulenzen. Man profitierte von den in fast zweihundert Jahren erworbenen Erfahrungen auf dem afrikanischen Kontinent, auch wenn die Liesens trotz ihres internationalen Handels längst nicht mehr zu den heutigen ›Global Playern‹ gehörten.

Auf der Internetseite der Firma im 21. Jahrhundert wurden Traktoren und Industrieanlagen nach Afrika exportiert: Angola, Sudan, Nigeria ... nicht gerade die politisch stabilsten Länder ...

Aber Herr Johannson fand keinerlei Hinweise auf irgendwelche Inkorrektheiten, eher im Gegenteil, einer der Nachfahren von Adolf Liesen war über lange Jahre Vorsitzender des Afrika-Vereins der deutschen

Wirtschaft gewesen und ein Seniorenheim in Hamburg trug noch heute Adolf Liesens Namen.

Je mehr Herr Johannson über die Rolle der Liesens in der Kolonialgeschichte erfuhr, umso mehr war er über die Relikte dieser Zeit am Afrikahaus irritiert. Jeden Morgen auf dem Weg in sein Büro kam er an der lebensgroßen Statue eines afrikanischen Kriegers vorbei, der das Portal des Tores mit den vergoldeten Palmenmotiven bewachte. Welch ›Glanz und Gloria‹ alter Zeiten sollte damit heraufbeschworen werden? Mit Speer und Lendenschurz stand dieser Krieger da, ein Symbol für die Afrikaner, die vor hundertfünfzig Jahren von Adolf Liesen mit schlechtem Kartoffelschnaps versorgt worden waren, um dafür ihre Würde, ihre Gesundheit, ihre Arbeitskraft und den Reichtum ihres Landes herzugeben. Herr Johannson ging nie wieder gedankenlos unter dem goldenen Schriftzug der Firma am Hauptportal hindurch.

Sein Schwiegervater Arnold Winkler war sich damals sicher gewesen, dass allein diese Adresse ihm Zugang zu den besten Kreisen der Stadt verschaffte, und hatte so Unrecht nicht gehabt, aber die Zeiten ändern sich ...

Wenn Herr Johannson morgens in die große Reichenstraße einbog, sah er, dass der Glanz des Hauses trotz der durchgreifenden Renovierung Ende der Neunziger verflogen war. Das alte denkmalgeschützte Haus duckte sich zwischen einem Parkhaus und dem 1992 neu erbauten Zürichhaus, das eine interessante Fassade mit einem Mix aus modernen Glasstrukturen und altem Hamburger Klinker aufwies. Die Fassade des Afrikahauses hingegen mit ihrem Kachelschmuck in afrikanischen Farben erschien ihm neuerdings grau, obwohl er die große Renovierungsaktion damals selbst als Mieter miterlebt hatte. Konnte es sein, dass das Haus zehn Jahre später schon wieder so glanzlos war? War das Afrikahaus in der heutigen Zeit der passende repräsentative Firmensitz für ein seriöses Immobilienunternehmen?

Plötzlich hatte Herr Johannson keinen Blick mehr für die historische Bausubstanz des alten Kontorhauses, das Afrikahaus war für ihn zu einem Symbol für den seit Jahrhunderten geschundenen Kontinent geworden.

Am meisten aber fühlte er sich durch die fast lebensgroßen steinernen Elefanten im Hof gestört, die dergestalt aus der Fassade des Hinterhauses herausragten, dass sie den Gebäudekomplex, in dem sich das Büro von ›Johannson und Winkler‹ befand, auf ihrem Rücken zu tragen schienen. Er beschleunigte seine Schritte, bis er im Fahrstuhl war, und setzte sich erst an den Schreibtisch, wenn er mittels der Jalousien den Blick auf die Elefanten ausgesperrt hatte.

Als die Villa an der Elbchaussee endlich in die Werbung ging, war Herr Johannson erschöpft. Verwundert registrierte er, dass ihn dieser Auftrag auslaugte, anstatt ihn zu beflügeln, wie das bei solchen Ausnahme-Objekten sonst immer der Fall gewesen war.

An diesem Abend ging er nicht in den Rotary Club, um gezielt Informationen über die Liesen-Villa zu verstreuen, sondern blieb zu Hause und aß einen Eintopf von Frau Schmidt.

Frau Schmidt

Herr Johannson liebte Frau Schmidt mit einer stillen und innigen Liebe, auch wenn er sie nur selten traf. Das letzte Mal hatte er sie nach der Krankenhausentlassung gesehen. Da allerdings waren ihre Versuche, ihn gesund zu pflegen, ihm doch etwas zu nahe gekommen. Ansonsten aber liebte er die Ordnung, die das Haus ausstrahlte, wenn Frau Schmidt da gewesen war, ihre Art aufzuräumen. Nie stand sinnlos etwas herum, kein Nippes, sie schaffte klare Linien und leere Flächen, wo immer sie konnte. Herr Johannson fühlte eine Seelenverwandtschaft, obwohl er selten direkt mit ihr kommunizierte. Sie kam dreimal in der Woche. Er legte ihr einen Zettel hin mit seinen Sonderwünschen und immer öfter auch ein kleines Präsent, ein Marzipan, einen Piccolo, einen kleinen Modeschmuck. Es war ihm ein Bedürfnis, ihr seine aufrichtige Dankbarkeit zu zeigen. Denn ohne Frau Schmidt wäre er wohl schon längst nicht mehr am Leben. Jedenfalls nicht als funktionierender Geschäftsmann.

Frau Schmidt war Russlanddeutsche, sie sprach ein eigentümlich altmodisches Deutsch. Alles an ihr war rund, ihr Gesicht, ihre Oberarme, ihr Hinterteil. Sie war etwa fünfzig Jahre alt, auf eine angenehme Weise füllig, sie trug altmodische, wadenlange Röcke, auch im Winter, und bei der Arbeit eine Schürze. Ihre Naturlöckchen färbte sie blond, die Haare waren immer etwas zu lang und unordentlich, aber nie ungepflegt. Ihre Augen waren klein und tiefliegend und lächelten immer. Sie hatte eine warme Altstimme, die das rollende R besonders gut zur Geltung brachte.

Wenn sie da gewesen war, atmete das Haus Frische und Sauberkeit. Über das Putzen und Aufräumen hinaus hielt sie die Wäsche in Ordnung, die Hemden waren stets professionell gebügelt, in den Kleiderschränken lagen Lavendelsäckchen. Sie kaufte ein und kümmerte sich darum, dass der unzuverlässige Gärtner wenigstens das Nötigste tat. Und das Beste von allem: Seit Annette so selten da war, lagen regelmäßig Zettel auf dem Küchentisch, wenn er nach Hause kam, z. B.:

»Sauerkraut und Kassler ist im Ofen. Guten Appetit!«

oder: »Bohneneintopf müssen Sie nur kurz aufwärmen!«.

Immer war es irgendwelche Hausmannskost, die nach Fünfziger Jahre schmeckte und so heute nirgends mehr zu bekommen war. Frau Schmidt machte Herrn Johannson sehr glücklich.

Abschied

Es war Samstag, Herr Johannson fuhr zum Vasco-da-Gama-Platz. Als sich die Fahrstuhltür öffnete, hörte er eine Stimme, eindeutig Börnsen: »Tschüss, Süße!«

Dann sah er, wie Börnsen schwungvoll die Tür von Melanies Wohnung hinter sich zuzog und mit einem breiten Lächeln im Gehen den Knoten seiner Krawatte nach oben schob. Am Fahrstuhl standen sie direkt voreinander.

»Oh, Herr Johannson, guten Morgen, Melanie hatte Probleme mit ihrem PC hier, ich konnte das Gott sei Dank schnell klären. Es war nur der Router, der war irgendwie falsch konfiguriert. Ich fahre jetzt noch einmal kurz ins Büro, schönes Wochenende, Herr Johannson!«

Schon war er an Herrn Johannson vorbei im Fahrstuhl und drückte mit der ihm eigenen Lässigkeit auf ›E‹.

Er log so dreist! Nichts in seinem Gesicht drückte Überraschung aus, nichts im Ton seiner Stimme deutete ein schlechtes Gewissen an oder wenigstens eine Verunsicherung! Er hatte etwas Unseriöses.

Herr Johannson unterdrückte den Impuls, die Treppen hinunterzustürzen und ihn zur Rede zu stellen.

Börnsen und Melanie. Das passte irgendwie. Börnsens glatte Art und Melanies glatte Haut. Er stand im Flur und konnte sich nicht entscheiden. Es war schließlich seine Wohnung! Auch seine Geliebte und seine Teamassistentin, aber vor allem seine Wohnung! Er mochte sich nicht vorstellen, nie mehr in dem Bett mit Elbblick zu liegen. Er wollte sich nicht vorstellen, dass Börnsen gerade genau da herkam. Er konnte sich nicht vorstellen, einfach die Wohnungstür aufzuschließen und so zu tun, als ob nichts wäre.

Er würde Melanie bitten müssen, auszuziehen. Er würde die Wohnung für sich behalten. Eine Stadtwohnung nur für ihn allein ... das war Unsinn. Der Reiz des Bettes lag ja vor allem darin, es nicht allein zu benutzen.

Er würde eine neue Freundin finden.

Nein, das würde er nicht.

Später kam es Herrn Johannson vor, als habe er die Details des Flures stundenlang in sich aufgenommen. Eierschale und Silber. Klare Linien. Große Fenster. Das war der Abschied von Melanie. Silberne Fahrstuhltüren, silberne Leisten, silberne Leuchten, silberne Fenstereinfassungen, der fast weiße Marmor des Fußbodens Ton in Ton mit dem Putz der Wände. Keine Bilder. Kein Schnickschnack. Herr Johannson ging vom Fahrstuhl zur Wohnungstür und wieder zurück. Viele Male. Er betrat die Wohnung nicht.

Aber was hieß schon Abschied. Melanie war die Idealbesetzung für ihren Job. Vor allem durch sie griffen die Rädchen seines kleinen Unternehmens wieder reibungslos ineinander. Es wäre geschäftlich betrachtet Wahnsinn, ihr zu kündigen.

Börnsen. Jetzt durfte er nicht mehr zögern. Welche Möglichkeiten gab es, mit dem Problem Börnsen umzugehen?

Möglichkeit I

Das Haus war ein nichtssagender Block aus den achtziger Jahren. Herr Johannson war nie hier gewesen, sogar die Adresse seines Mitarbeiters hatte er sich aus der Personalakte heraussuchen müssen. Nach dem zweiten Klingeln rauschte die Gegensprechanlage: »Ja, bitte?«

»Johannson hier, ich muss Sie sprechen, Börnsen!«

Die Wohnung war klassisch aufgeteilt, großes Wohn-Esszimmer mit Balkon, Südseite, kleines Schlafzimmer, Küche und Bad. Börnsen hatte ihn eingelassen und ihn dann mit einem Redeschwall überschüttet:

»Also Herr Johannson, das ist ja eine unerwartete Ehre! Was führt Sie zu mir? Warum haben Sie nicht angerufen? Treten Sie doch näher! Ich hoffe, es stört Sie nicht, dass ich gerade Besuch habe, eine alte Bekannte von mir. Aber kommen Sie nur, nein, Sie stören gar nicht. Wollen Sie den Mantel ablegen? Bitte sehr ...«

Herr Johannson folgte ihm schweigend.

In dem Wohnraum saß eine Dame vor einem PC mit riesigem Flachbildschirm, die 3-D-Animation eines Apartments war zu erkennen.

Als die Männer eintraten, wandte sie sich ihnen zu. Herr Johannson schätzte sie auf um die dreißig, auffällig waren die dunklen Farben des Make-ups und die schwarz gefärbten Haare. Börnsen stellte sie mit einem ausländischen Namen vor, den Herr Johannson nicht verstand. (Kykonäämi? Es hörte sich finnisch an.)

Die Dame lächelte.

Börnsen redete ohne Unterbrechung weiter: »Kann ich Ihnen was anbieten? Möchten Sie sich nicht setzen? Ein Wasser vielleicht oder ein Bier? Ich kann auch Kaffee machen ...«

»Danke, ich stehe lieber«, war die erste Äußerung, die Herr Johannson in Börnsens Wohnung tat. Ohne Börnsen aus den Augen zu lassen, legte er ihm anschließend mit ruhiger Stimme dar, was er über seine Machenschaften herausgefunden hatte. Börnsen versuchte mehrfach, ihn zu unterbrechen, kam jedoch über ein Räuspern nicht hinaus.

»Ich will gar nicht wissen, wie weit sie sich sonst noch ins Rotlichtmilieu verstrickt haben. Wenn man erst auf der kriminellen Seite steht, gibt's kein Halten mehr, oder? Und die Dame hier, verzeihen Sie, gnädige Frau, gehört womöglich zu Ihrem neuen Kundenstamm?«

Die Dame war nicht amüsiert, sah zu Börnsen, blieb aber ruhig.

Zufrieden mit seinem ironischen Ton ging Herr Johannson auf den Computerbildschirm zu. Börnsen trat dazwischen, er schien hektisch:

»Ich glaube, das geht Sie nichts an!«

Er grinste, aber sein Blick ging unruhig zwischen dem Objekt auf dem Bildschirm, der jungen Frau und Herrn Johannson hin und her.

»Das geht mich nichts an?«

Herrn Johannsons Gesicht verfärbte sich leicht, er wurde nun doch laut, obwohl er sich fest vorgenommen hatte, gelassen zu bleiben:

»DAS GEHT MICH NICHTS AN? Sie gefährden mutwillig meinen guten Ruf, betrügen mich mit Strohmanngeschäften im Rotlichtmilieu, überhöhten Provisionen und Schwarzgeld, und das geht mich nichts an?? Sie sind entlassen, und zwar fristlos! Das war es, was ich Ihnen persönlich sagen wollte, nun also gleich vor Zeugen, Ihrer sogenannten Klientin, oder soll ich lieber gleich sagen, Ihrem ›Zugpferdchen‹?«

Die Dame am PC zog ihre Augenbrauen hoch, versuchte aber nicht, Herrn Johannson zu korrigieren.

»Nun ist es aber gut, jetzt beruhigen Sie sich, Herr Johannson!«

Börnsen bemühte sich um Haltung und hatte wieder diesen Ton angenommen, bei dem Herr Johannson sich wie ein seniler Alter fühlte.

»Bisher habe ich Ihren guten Ruf gar nicht beschädigt. Und wenn's nach mir geht, soll das auch gern so bleiben, Diskretion hat oberste Priorität. Nun setzen Sie sich bitte und lassen Sie uns in Ruhe darüber reden! Natürlich hätte ich Sie früher in Kenntnis setzen müssen. Trotzdem, Ihrer Firma ist kein Verlust entstanden, im Gegenteil, alle Objekte wurden ordnungsgemäß verbucht, wie Sie ja auch selbst festgestellt haben. Lassen sie mich einfach weiterhin ein paar unbedeutende kleine Nebengeschäfte tätigen, eine Hand wäscht die andere, Herr Johannson. Und ich sorge dafür, dass *nichts an die große Glocke gehängt wird, ist ja auch im Interesse meiner Klienten ... und im Interesse Ihres guten Rufes, nicht wahr?«*

»Börnsen, ich verspreche Ihnen, ich schalte die Polizei ein, Sie werden nicht damit durchkommen, und wenn das Geschäft auch vorübergehend darunter leidet, ich werde dafür sorgen, dass Sie aus meinem Büro und am besten gleich aus der Stadt verschwinden!«

»Die Polizei sollten Sie aus dem Spiel lassen«, sagte Börnsen ernst, dann ging er zu der Dame mit den schwarzen Haaren und legte ihr die Hand auf die Schulter:

»Ach, Schätzchen, mit unserem kleinen Geschäft wird es heute nichts mehr, lässt du uns allein, bitte? Ich habe mit meinem Chef etwas zu besprechen.«

Erstaunt beobachtete Herr Johannson, wie die Frau sich, ohne zu murren und ohne etwas zu fragen, in die Jacke helfen ließ. Im Flur flüsterten sie ein paar Sätze, dann kam Börnsen allein zurück.

»Herr Johannson, jetzt setzen Sie sich doch endlich! Lassen Sie uns die Angelegenheit wie zwei vernünftige Männer besprechen.«

Er wies auf einen Sessel, ließ sich in der Mitte seines Sofas nieder und breitete einen Arm auf der Lehne aus. Herr Johannson blieb stehen.

Börnsen sprach weiter in diesem überheblichen Ton:

»Sie sind doch schon viel länger im Geschäft als ich. Meine kleinen Vermittlungen dieser Wohnungen für Begleitservice sind nur Peanuts und das wissen Sie. Man investiert in Immobilien, um Geld besser verteilen und umschichten zu können. Ich habe da abgesehen von den Damen einige interessante Kontakte zu potenten Investoren knüpfen können, das kommt ihrem Büro zugute.«

»Börnsen, sind Sie wahnsinnig? Auch Sie haben nach der Novellierung des Geldwäschegesetzes unterschrieben, dass wir schon bei der möglichen Kenntnis der illegalen Herkunft von Geldmitteln eine Anzeige machen müssen, sonst machen wir uns strafbar.«

»Herr Johannson, wo leben Sie denn? Sie machen täglich Geschäfte mit Investoren. Es muss Ihnen doch klar sein, dass da nicht nur legales Geld fließt! So naiv können selbst Sie nicht sein!«

»Herr Börnsen, unser Büro ist seit fünfzig Jahren wegen seiner Seriosität erfolgreich, und solange ich es leite, wird das auch so bleiben!«

»Mein Gott, Sie glauben doch nicht ernsthaft, dass alles sauber ist, nur weil die Gelder nicht von den Cayman Islands oder einer Bank aus Moskau, sondern von der Deutschen Bank auf das Anderkonto des Notars überwiesen werden? Sie unterschreiben, Notar Degenhardt unterschreibt, und man fragt nicht zu viel nach, so läuft das und nicht anders!«

Er schaute zu ihm auf.

»Mein Gott, Ich fasse es nicht! Ein Gutmensch als Immobilienmakler!«

In Herrn Johannson kochte die kalte Wut hoch. Eine Unverschämtheit! Börnsen widerte ihn an.

»Ist ja auch egal«, fuhr Börnsen weniger laut fort, »kommen wir nochmal auf die Polizei zurück. Hinter meinen kleinen Transaktionen oder besser Gefälligkeiten im ... Rotlichtmilieu, wie Sie das nennen, stehen auch einige einflussreiche Geldgeber, Geschäftsleute, die sich nicht gern in die Karten schauen lassen. Da geht es um mehr als den guten Ruf des kleinen Maklerbüros ›Johannson und Winkler‹! Wenn die Polizei involviert wäre, könnte es gut sein, dass Zeugen zum Schweigen gebracht werden müssen. Herr Johannson, das wollen Sie nicht. Glauben Sie mir, es ist wirklich besser, vor allem für Sie, wir machen nicht zu viel Aufhebens von der Sache.«

»Sie wollen mir drohen? Sie ... mir ...? Sie unverschämter Mensch, was erlauben Sie sich?«

Herr Johannson konnte den Impuls nicht unterdrücken, Börnsen am Kragen vom Sofa hochzuziehen. Blitzschnell hatte dieser aber mit hartem Griff die Handgelenke seines Chefs umfasst, der einen halben Kopf kleiner war, und schob ihn von sich.

»Fassen Sie mich nicht an, alter Mann!«

Herr Johannson stand neben sich. Es gelang ihm nicht, seiner Aufregung Herr zu werden. Er wollte nicht, dass die Angelegenheit aus dem Ruder lief, aber wie ferngesteuert ging er zum Couchtisch, nahm einen metallenen Kerzenständer auf und warf ihn mit voller Wucht gegen die Glastüren des Bücherschranks. Die Scherben fielen senkrecht klirrend zu Boden.

Börnsen stürzte sich auf Herrn Johannson:

»Sind Sie von Sinnen? Was soll das? Jetzt beruhigen Sie sich und setzen Sie sich endlich!«

Er fasste ihn bei den Schultern und wollte ihn auf den Sessel herunterdrücken. Da bäumte sich Herr Johannson mit all seiner Kraft auf und stieß Börnsen von sich, sodass dieser rückwärts taumelte, durch die Kante des Couchtisches endgültig das Gleichgewicht verlor und im Fallen den Computertisch umriss. Der riesige Flachbildschirm fiel auf Börnsen und zersplitterte. Man sah einen kurzen Lichtblitz, hörte das Knallen des Kurzschlusses, Börnsen zitterte sekundenlang am ganzen Körper, dann war alles ruhig.

Möglichkeit II

Herr Johannson schloss die Tür zu Melanies Wohnung auf, ohne sich vorher bemerkbar zu machen. Er durchquerte den kleinen Vorraum und riss die Tür zum Wohnzimmer weit auf. Kurz vermisste er einen Revolver, den er hätte ziehen können.

Melanie stand am Herd in der offenen Küche mit einem Kochlöffel in der Hand, das Gesicht etwas gerötet, der enge kurze Rock brachte ihre Beine perfekt zur Geltung, das T-Shirt wie immer etwas zu knapp. Dennoch ähnelte sie mehr einer spießigen Hausfrau als einem Vamp, wie sie so vor dem Herd stand. Es roch nach Knoblauch und gerade angebratenem Fleisch, Lammkeule vielleicht.

Herr Johannson wollte sich nicht ablenken lassen. Börnsens Kopf tauchte über der Lehne des weißen Ledersofas auf, das fragende »Mel...?« blieb ihm im Hals stecken, als er Herrn Johannson im offenen Mantel an der Tür stehen sah. Der Fernseher lief ohne Ton – ein Tennismatch.

Mit hektischen Bewegungen versuchte Börnsen, ein großes Badehandtuch um seinen Körper zu schlingen und dabei gleichzeitig aufzustehen. Es gelang nur bedingt.

Herrn Johannsons Blicke wanderten von unten nach oben und von oben nach unten über die Blößen seines Angestellten. Börnsen war am Körper nahtlos solariumsgebräunt, die Beine behaart, ein kleiner Bauchansatz unter einem vermutlich einst muskulösen Brustkorb. Während Börnsen mit dem Badelaken kämpfte, gab er unzusammenhängende Wortfetzen von sich:

»Herr Joha..., nicht gehört ..., eingenickt ..., gerade geduscht ..., Mel..., kann ich ...?«

Melanie war erstarrt.

Herr Johannson schüttelte den Kopf. Dann atmete er tief ein:

»Halten Sie den Mund, Börnsen! Ich weiß zwar nicht, was Sie in diesem Aufzug an einem Samstagabend in meiner Wohnung machen, und ich will es auch gar nicht wissen. Verschwinden Sie, bevor ich mich vergesse! Sie gehen jetzt nach oben, ziehen sich was an und dann packen Sie Ihren rest-

lichen Krempel ein und verlassen diese Wohnung! Vergessen Sie nichts, denn Sie werden sie danach nie wieder betreten, haben Sie mich verstanden?«

Börnsen stand reglos mit leicht geöffnetem Mund im Raum. Herr Johannson ging ein paar Schritte auf ihn zu, Börnsen wich in Richtung Treppe aus.

»Aber Herr Johannson ...!«

»Und lassen Sie Melanie in Ruhe, Sie dreckiger kleiner Gigolo, die ist viel zu schade für Sie! Montagmorgen haben Sie Ihre fristlose Kündigung auf dem Schreibtisch und dann will ich Sie nicht mehr sehen, hier nicht, im Büro nicht und auch sonst nirgends! Andernfalls ...«

Melanie hatte den Kochlöffel fallen gelassen und stürzte auf Herrn Johannson zu, der Börnsen bedrohlich nahe gekommen war.

»Michael, was tust du?«

Sie wollte ihre Arme um seinen Hals schlingen, doch er stieß sie zurück.

»Melanie, lass das, wir unterhalten uns später, hier hältst du dich raus! Los Börnsen, nun machen Sie schon, andernfalls sehe ich mich gezwungen, die Polizei einzuschalten, und glauben Sie mir, ich werde es tun, ich werde Ihnen das Handwerk legen, und wenn es mich die Firma kosten sollte.«

»Aber Herr Johannson ...«, Börnsen war in seiner beschwichtigenden Gestik weiterhin eingeschränkt, weil er mit einer Hand das um seine Hüften geschwungene Badetuch festhalten musste.

»Jetzt beruhigen Sie sich, alles ganz legal, lassen Sie mich erklären ...«

»Da gibt's nichts zu erklären, ich weiß Bescheid, ich sage nur ›Geldwäsche‹, da haben Sie sich mit üblen Burschen eingelassen! Wie Sie mit denen klarkommen wollen, müssen Sie selbst wissen. Also, ein für alle Mal: Sie verschwinden jetzt sofort aus Melanies und meinem Leben und aus der Firma oder Sie haben zusätzlich auch noch die Polizei am Hals! Ich meine es ernst, und jetzt ziehen Sie sich endlich was an, Sie jämmerlicher Waschlappen!«

Börnsen versuchte erneut einen Ansatz: »Aber ...«,

Herr Johannson trat noch einen Schritt vor, sodass sich ihre Nasen fast berührten. Mit einem Wink des Kopfes wies er grimmig in Richtung Empore.

Da stieg Börnsen tatsächlich ohne ein weiteres Wort mit nackten Füßen die Metalltreppe hinauf.

»Mein Gott, Michael, musste das jetzt sein?« Im gleichen Moment drehte sich Melanie zum Herd um. »Scheiße!«

Brandgeruch machte sich im Raum breit und eine Rauchschwade drang aus dem Backofen.

Herr Johannson beachtete das kleine Missgeschick in der Küche nicht weiter. Er trat auf den Balkon und sog die kühle Abendluft ein.

Möglichkeit III

Herr Johannson bat Alexander Börnsen nach der Morgenbesprechung in sein Büro. Er nahm in dem ledernen Bürosessel mit der hohen Lehne hinter seinem Schreibtisch Platz und bot Börnsen einen der Besuchersessel an. Der dunkle Schreibtisch war fast leergeräumt, lediglich eine weiße Unterschriftenmappe und ein Füllfederhalter lagen auf Börnsens Seite bereit. Herr Johannson räusperte sich:

»Herr Börnsen, ich möchte nicht lange mit Ihnen argumentieren. Ich könnte eine Klage wegen Betrugs und Rufschädigung gegen Sie anstrengen, will ich aber nicht.«

Er deutete auf die Mappe:

»Hier ist Ihre fristlose Kündigung und ein Vertrag für eine – wie ich finde – annehmbare Abfindung. Ich rate Ihnen, kommentarlos zu unterschreiben, bevor es mir anders überlege. Sie hätten bedenken sollen, dass eine Stadt wie Hamburg letztendlich auch nur ein Dorf ist, manches spricht sich herum. So habe ich kürzlich durch Zufall eine Frau Gregorius kennengelernt ...«

Herr Johannson fuhr in belanglosem Ton fort:

»Frau Gregorius hält große Stücke auf Sie, Herr ... Börnsen!«

Er ahmte eine weibliche Stimme nach:

»Ach, Herr Börnsen, nun ja, der hat einen guten Namen in der Szene. Wir arbeiten schon seit Jahren zusammen. Die Preise sind zwar immer am oberen Limit, aber dafür gibt es in der Regel auch keinen Ärger mit den Vermietern oder anderen Mietparteien, weil bei Herrn Börnsen alles auf unsere speziellen Bedürfnisse zugeschnitten ist. Und obendrein so charmant, der Herr Börnsen.«

Dann normalisierte sich die Stimmlage wieder:

»Und so weiter, und so weiter ... Von Ortmann im Rotary Club auf Ihre windigen Geschäfte angesprochen zu werden ohne den geringsten Hauch einer Ahnung, worum es eigentlich ging, war auch nicht gerade spaßig. Deswegen möchte ich, dass Sie alles auf den Tisch legen: Wie lange geht das schon und was steckt noch alles dahinter?«

Börnsen hatte seine Hand schon auf die Mappe gelegt, zog sie nun zurück und sah mit hochgezogenen Augenbrauen auf, sagte aber nichts.
»Wie lange schon?«
Auf Börnsens Gesicht machte sich ein Grinsen breit:
»Nun, wenn Sie unbedingt wollen! Frau Gregorius hat es ja erwähnt, wir kennen uns schon eine Weile. Herr Johannson, man muss mit der Zeit gehen! Wenn man lukrative Nischen im Markt entdeckt, muss man sie besetzen und zwar möglichst konkurrenzlos. Ich kann mit Fug und Recht sagen, dass ich heute ein Monopol in Hamburg habe. Immobilien im Bereich Edelprostitution. Wenn Sie darauf bestehen, nehme ich die Kündigung an und mache mich selbstständig. Besser für uns beide wäre jedoch ohne Zweifel, es könnte alles beim Alten bleiben, natürlich mit einer Beteiligung für Sie ...«
»Ich will wissen, seit wann Sie meinen Ruf und unser aller Existenz schon gefährden!«
Börnsen lehnte sich zurück und machte eine beschwichtigende Geste:
»Aber Herr Johannson, nun beruhigen Sie sich doch erst mal. Seit etwa fünf Jahren. Ich war damals selbst ..., also, ich hatte die Dienste von so einem Escortservice in Anspruch genommen, manchmal braucht man etwas Abwechslung, verstehen Sie?«
»Kommen Sie endlich zur Sache!«
»Na ja, ich bin bei der Sache. Ich wurde aufs beste umsorgt, in einem ungewöhnlich schönen Ambiente, Penthaus-Wohnung mit uneinsehbarer Dachterrasse, Sex unter freiem Himmel, nicht schlecht. Da tauchte für mich die Frage auf, wie solche Wohnungen gefunden und finanziert werden. Und prompt erzählte mir die Dame, dass sie gerade die Kündigung des Mietverhältnisses bekommen habe, weil ihr Metier den anderen Hausbewohnern bekannt geworden sei. Tja, und schon war die Idee geboren, dass hier Bedarf für einen besonderen Maklerservice war. Und da ich meine Kundinnen in der Regel zufriedenstelle ... geeignete Eigentümer, geeignete Wohnobjekte bis hin zu diskreter Hausverwaltung ..., da fällt halt immer wieder ein erfreuliches Trinkgeld für mich ab.«

»Ein Trinkgeld?«, Herr Johannson spürte Hitze in sich aufsteigen, »Für ein Trinkgeld setzen Sie den Ruf der Firma ›Johansson und Winkler‹ aufs Spiel, auf deren Gehaltsliste Sie seit fünfzehn Jahren stehen? Wenn das rauskommt, wird der Laden hier dichtgemacht!«

»Aber nein, alles ganz legal, Herr Johannson, Sie können die Bücher einsehen, alles korrekt. Natürlich hätte ich Sie in Kenntnis setzen müssen, das war ein Fehler, ich hatte befürchtet, dass Sie moralische Bedenken haben. Andererseits, die Moral der Gesellschaft ändert sich, wer findet so etwas denn heutzutage noch verwerflich? Meine bescheidene Beraterfunktion wird bar bezahlt. Keine Unterlagen, keine Nachfragen. Selbstverständlich werde ich Sie an den Mehreinnahmen beteiligen, aber wir sollten dieses Segment nicht einfach aus der Hand geben ...«

»Sie ... werden mich beteiligen?? Das ist ja wohl der Gipfel der Unverschämtheit! Ich will Sie hier nie wieder sehen! So, und nun unterschreiben Sie und dann haben Sie genau eine Stunde Zeit, um Ihren Schreibtisch zu räumen! Und Börnsen, noch eins, ich rate Ihnen dringend, die Stadt zu verlassen. Es könnte sonst das Gerücht in Umlauf gebracht werden, dass Sie Gelder Ihrer Kunden aus dem Rotlichtmilieu veruntreut haben und dass ich mich deshalb von Ihnen trennen musste. Ich hoffe, ich drücke mich deutlich genug aus. Das könnte unangenehm für Sie werden! Machen Sie Ihre dreckigen Geschäfte, wo Sie wollen, aber nicht in Hamburg!«

Geschäftsführer

Frau Herbarth stand in der Morgenbesprechung neben dem Beamer und referierte über ihren neuesten Abschluss. Es war im Grunde brillant, was in dieser Frau steckte, doch sie konnte sich extrem schlecht verkaufen. Die Stimme war monoton und stockend, passend zu ihrem mausgrauen, schlecht sitzenden Kostüm. Zumindest an diesem Morgen hörte ihr kaum jemand zu, außer Melanie Jeus vielleicht, die sich auch im Büro zu allem Notizen machte und Protokolle von den Morgenbesprechungen verfasste. Herr Johannson starrte Börnsen an und dachte an Melanie. Kein Schmerz, vielleicht Wut über Börnsens Dreistigkeit. Er schaute nicht zu seiner eifrig schreibenden Team-Assistentin. Er hörte nicht, was Frau Herbarth sagte. Herr Johannson war dabei, sich zu gewöhnen. Sich an den Gedanken zu gewöhnen, dass es nur eine Möglichkeit gab, wie er mit Börnsen weiter verfahren konnte.

Börnsen spürte den Blick, sah aber nicht auf. Er spielte mit seinem Kugelschreiber. Mehrfach ließ er ihn auf das vor ihm liegende Dossier fallen, was keinen besonderen Lärm machte, jedoch genug, um Frau Herbarth immer wieder kurz aus dem Konzept zu bringen.

»Also, ... wie ich schon sagte, ... Alexander, die Finanzierung ist unter Dach und Fach, eigentlich könnten die Wohnungen jetzt schon in die Werbung gehen. Leider ist bisher keine Musterwohnung fertig gestellt, aber die Pläne und auch Animationen des Architekturbüros liegen dem Dossier bei. ... Alexander? Übernimmst du das dann?«

Börnsen sah auf, irritiert durch den starren Blick von Herrn Johannson begann er zu stottern.

»Ja, ja, die Werbung, klar, kein Problem ... Herr Johannson, ist irgendetwas, kann ich was für Sie tun?«

Herr Johannson schaute auf seinen Nachfolger, dieser miese, gierige, verschlagene, hinterhältige, glatte, selbstverliebte kleine Betrüger, der mit Melanie schlief und für ein paar hundert oder vielleicht auch ein paar tausend Euro den Namen einer renommierten Firma aufs Spiel setzte.

Sein Nachfolger, der vermutlich viel tiefer in kriminelle Machenschaften verstrickt war, als Herr Johannson jemals herausfinden würde.

Sein Nachfolger, dem die Frauen zu Füßen lagen, der am PC aus dem langweiligsten Objekt etwas Einmaliges, Bezauberndes machen konnte, dem alle Bereiche der Firma vertraut waren, der übers Jahr dreimal so viele Geschäftsabschlüsse tätigte wie alle Damen im Team zusammen.

Wie sollte er die Diskussion beginnen? Er hatte so gut wie keine Beweise, in welchem Umfang Börnsen ihn betrogen hatte.

Wann sollte er die Diskussion beginnen? Sicher nicht hier vor den Mitarbeiterinnen, die sich im Zweifelsfall mit ›ihrem‹ Alexander solidarisieren würden.

Warum sollte er die Diskussion beginnen?

Er konnte nicht auf Börnsen verzichten.

Abrupt stand er auf.

»Gute Arbeit, Frau Herbarth, ich danke Ihnen für die Zusammenfassung. Börnsen wird ein Exposé erstellen, nicht wahr, Herr Börnsen? Guten Morgen allerseits, ich habe zu tun.«

Herr Johannson ging an dem verwirrten Börnsen vorbei in sein Büro. Er schloss die Tür und wählte die Nummer der Anwaltskanzlei Degenhardt, vormals Ferkau. Arnold Winkler und Dr. Ferkau hatten sich aus der Schulzeit gekannt. Herr Johannson hatte sich über Jahrzehnte mit jedem juristischen Problem bestens dort aufgehoben gefühlt. Die Nachfolger waren jung, erfolgreich und unverbindlich.

Herr Johannson ließ sich zu dem Notar durchstellen.

»Herr Dr. Degenhardt, folgendes ..., ich möchte meinen Mitarbeiter Alexander Börnsen als Geschäftsführer bei ›Johannson und Winkler‹ einsetzen, mit allen Vollmachten ...

Ja, das ist unbestimmt ...

Möglichst umgehend ...

Ja, ich werde vielleicht bald verreisen, für längere Zeit ...

Nein, er weiß noch nichts davon ...

Aber ja, er genießt mein vollstes Vertrauen ...

Setzen Sie etwas Entsprechendes auf, bitte, ja, mit allen Vollmachten, Prokura, ja ...

Und mein Testament, das möchte ich auch ändern ...

Ich komme dann vorbei in den nächsten Tagen, sobald es meine Zeit erlaubt ...

Ja, genau, das wäre das Beste, Ihr Sekretariat könnte einen Termin für mich mit Frau Jeus vereinbaren, genau ...

Ich danke Ihnen, bis nächste Woche dann ...«

Marthakirche

Herr Johannson fand einen freien Parkplatz direkt vor der Kirche. Äußerlich hatte sie nichts Besonderes an sich. Backstein, Neogotik, um 1900. Das Kirchenschiff vielleicht etwas breiter, rundlicher als bei vergleichbaren Bauten. Die beiden Säulen vor dem Haupteingang waren reich verziert, sie nahmen dem dunklen Backstein etwas von seiner Strenge.

Am Telefon hatte der Investor Jürgen Hirth ungemein geheimnisvoll getan:

»... Ich habe da ein Sahnestückchen, das müssen Sie sich ansehen, wie geschaffen für Sie, eine umgewidmete Kirche, was für Kenner ...«

Hirth schälte sich gerade aus seinem Porsche, Herr Johannson ging auf ihn zu, um ihn zu begrüßen. Der Investor hüstelte mehrfach, gefolgt von ein paar tiefen Atemzügen, als habe ihn das Aussteigen aus dem Porsche körperlich angestrengt. Er kam Herrn Johannson kleiner und dicker vor als früher. Vor Jahren hatten sie einmal gemeinsam ein Apartmenthaus in Fuhlsbüttel gebaut und vermarktet.

»Tja, vor allem achten Sie nicht auf das Äußere, Johannson. Da konnten wir nicht viel verändern, Denkmalschutz, Sie wissen schon, Baujahr 1912, im Zweiten Weltkrieg zerstört, in den Fünfzigerjahren fast vollständig neu aufgebaut, immerhin im alten Stil, typische Backsteinarchitektur des frühen zwanzigsten Jahrhunderts.«

Er zerrte Herrn Johannson förmlich zum Eingang:

»Von innen müssen Sie sich das ansehen, von innen! Sie werden begeistert sein, so etwas haben selbst Sie noch nicht gesehen, da bin ich sicher. Ein einmaliges Objekt, kommen Sie!«

Sie betraten die Kirche durch das alte Portal. Hirth hielt ihm die schwere Kirchentür auf und ließ ihn zuerst eintreten, als wäre er ein Klient. Sein Verhalten kam Herrn Johannson weniger souverän vor als früher.

Im Foyer fiel die neue Eichenvertäfelung auf, modern, sehr ansprechend, in der Mitte ein altes Taufbecken, das dort belassen worden war, zur Geltung gebracht durch eine sehr geschickte indirekte Beleuchtung. Dann öffnete Hirth die Tür zum Hauptraum. Herr Johannson war überrascht. Von außen erschien die Kirche nicht halb so groß. Der Raum hatte die Form eines riesigen Eies. Hirth spulte Zahlen und Materialien ab, alles vom Feinsten, wie er betonte. Er hatte die entwidmete Kirche 2008 übernommen und gemeinsam mit dem Architekturbüro Meyer und Wilms saniert: tausendeinhundertelf Quadratmeter Gesamtnutzfläche inklusive der Räume im Souterrain, Platz für bis zu fünfhundert Personen, nur Eichenholz verbaut, wie auch das freigelegte Deckengebälk, das teilweise original sei, mit Inschriften, Eichenverschalung, Eichenparkett, Eichenmöbel, Dach, Fenster, Sanitäranlagen ganz neu, Dämmung und energiesparende Klimaanlage, modernste Veranstaltungstechnik und so weiter.

Herr Johannson hörte nicht genau zu, sondern ließ den Raum auf sich wirken. In der Mitte hatte man eine schwebende Empore aus Metall eingezogen, die eine Querverbindung zwischen der alten rundlaufenden Galerie aus Holz schuf. Aber weder dieser horizontale Raumteiler noch die geschmackvolle Möblierung nahmen dem Raum den Hallencharakter. Obwohl warmes Licht durch die Fenster fiel, unterstützt von Hunderten von Halogenstrahlern, und obwohl die Raumtemperatur durchaus angenehm war, fröstelte Herr Johannson innerlich. Einfach zu groß, dieser Raum. Dennoch nickte er Hirth anerkennend zu, der ihn jetzt durch die Nebenräume führte, Küche, Seminarräume, Galerie. Dabei machte er ihn auf jedes noch so kleine Detail aufmerksam:

»Sehen Sie die Inschriften hier an den Deckenbalken, alles original: Ich bin der gute Hirte, ha, ha, Hirth, der gute Hirte.«

Herr Johannson bemühte sich zumindest um ein Lächeln.

Als sie wieder zurück in der Haupthalle waren, breitete Hirth seine kurzen Arme aus:

»Na, was sagen Sie, Johannson, habe ich zu viel versprochen?«

»Was soll ich sagen, ein interessantes Objekt, ich weiß nur gar nicht, worauf Sie eigentlich hinauswollen. Wollen Sie etwa verkaufen? Und wie werden die Räumlichkeiten denn zurzeit genutzt?«

»Ja, sehen Sie, das ist der Knackpunkt.«

Offensichtlich war Hirth unangenehm, was jetzt zu sagen war.

»Rundheraus, Johannson, ich habe mich mit der Sanierung etwas übernommen. Als wir anfingen, sollte Tim Schlöhdorn hier groß einsteigen, ›Event-Restaurant‹, Sie wissen schon, dieser Fernsehkoch. Das hat sich dann zerschlagen, weil sich der alte Kirchenvorstand immer noch einmischt. Natürlich haben die nichts mehr zu sagen, die Nutzungsbedingungen sind im Kaufvertrag klar geregelt, Restaurants sind zugelassen, ein Spielcasino zum Beispiel nicht. Aber der Schlöhdorn wollte keine schlechte Presse.«

»Und wie gings weiter?«

»Na ja, ich habe so eine Eventagentur hier drin, Hochzeiten, Geburtstage, Marketingveranstaltungen und so, läuft prima, und bis vor zwei Monaten war ein Gastronom mit einem Cafe-Bistro da, das ergänzte sich gut. Der hat jetzt allerdings Insolvenz angemeldet. Also, es muss was passieren! Bis letzte Woche hatte ich auf eine andere Starköchin gehofft, die Bamberger, die ist doch auch manchmal im Fernsehen. Der haben sie den Mietvertrag von ihrem Restaurant an der Eppendorfer Landstraße gekündigt, aber letztendlich ist sie doch wieder abgesprungen, die Räumlichkeiten der Kirche sind ihr angeblich zu groß. Zu groß! Kein Wagemut, keine Fantasie!«

»Kann ich verstehen«, sagte Herr Johannson.

»Johannson, Sie müssen hier einsteigen, ich biete Ihnen eine erstklassige finanzielle Beteiligung an! Wir beide, wir sind doch kreativ, wir könnten eine Riesenattraktion für Hamburg daraus machen. Die Kirche hat ein unglaubliches Potenzial! Das könnte unser gemeinsames Baby werden, Johannson, die Krönung! Sie sind doch auch gar nicht mehr so weit vom Ruhestand entfernt, was wollen Sie dann tun, immer nur Golf spielen? Das hier wird uns jung halten, glauben Sie mir!«

»Nun ja ...«

Früher hätte Herr Johannson in diesem Fall geantwortet, er werde seinen Lebensabend auf Lanzarote verbringen. Jetzt war alles vage. Aber sicherlich nicht mit einem Herrn Hirth Golf spielen.

Ich habe einen Hirntumor, ich werde nicht mehr lange leben.

Herr Johannson spürte eine gewisse Befriedigung, dass sich ihm die Golfspielfrage in diesem Sinne gar nicht mehr stellte.

Abgesehen davon, eine solche Investition war das Letzte, was er für sinnvoll gehalten hätte.

»Nun ja, aber wissen Sie, Herr Hirth, ... ich lege mein Geld grundsätzlich nicht in Immobilien an.«

Hirth war verblüfft: »Sie tun was nicht?«

»Das dürfte Ihnen eigentlich nicht neu sein, Hirth. Eine Geschäfts-Maxime noch von meinem Schwiegervater. ›Johannson und Winkler‹ vermakelt Immobilien, Vermietung, Verkauf, Finanzberatung, aber wir investieren grundsätzlich nicht. Immobilienverwaltung ist viel zu personalintensiv, wenn man es ordentlich betreiben will.«

»Aber das macht doch jeder Makler, sobald er die Mittel dazu hat, und was heißt schon Verwaltung, das Ding hier ist ein Selbstläufer, wenn wir erst mal die richtige zündende Idee haben!«

»Nein, das ist ein Grundsatz unseres Büros, und wie Sie sehen, bin ich bisher nicht schlecht damit gefahren. An Verkauf haben Sie also nicht gedacht?«

»Doch, schon ...«

Hirth wich die Begeisterung aus dem Gesicht.

»Wenn ich keinen Partner finde, wird es gar nicht anders gehen.«

»Und welche Summe käme im Falle eines Verkaufes in Betracht?«

»Sechs Millionen.«

»Das ist ...«

Herr Johannson unterbrach sich und starrte auf die hintere Ecke der Metallempore. Dort hing der Körper eines Mannes leblos herunter, Kopf nach unten, ein Fuß hatte sich offensichtlich im Metallgestänge verfangen. Der Mann war schlank, jung, vielleicht dreißig Jahre, Jeans, sportliches Jackett, ein Schal schwebte durch den Aufwind der Klimaanlage sanft auf und ab.

Herrn Johannson brach der Schweiß aus, der Mund wurde trocken und sein Herz raste. Hatte das etwa die seltsame Kälte des Raumes verursacht? Warum war ihm der Mann vorhin beim Rundgang nicht aufgefallen? Was ging hier vor? Sein Kopf war leer. Er konnte sich nicht rühren und den Blick nicht von dem Körper wenden. Aus den Augenwinkeln sah er, dass Hirth sein Handy gezückt hatte. Ja, Polizei!

»Ja, Hirth hier, sag' mal, was ist das für eine verdammte Schlamperei? Wer hat die Schaufensterpuppen weggeräumt? Da hängt noch eine auf der Empore herum. Wie kann man denn so ein großes Teil vergessen? Wenn diese Modefritzen unzuverlässig sind, lassen wir die hier nie wieder rein, hörst du? Ja, jetzt komm, und hol' das Teil ab, ... was weiß ich, von mir aus auf den Müll, wie sieht das denn aus, komm einfach her, ich hab' sowieso noch was anderes mit dir zu besprechen.«

Er klappte sein Handy zu und ließ es wieder in der Innentasche seines Jacketts verschwinden.

Dann sah er, dass Herr Johannson weiß geworden war.

»Oh nein, Sie haben doch nicht etwa gedacht ...?«

Er grinste, ging quer durch den Raum zur Treppe und winkte Herrn Johannson, ihm zu folgen.

»Wir hatten Herrenmodewoche hier bis vor drei Tagen. Tut mir wirklich leid, dass die so schlampig aufgeräumt haben. Diese Eventfritzen, das sind Chaoten, wenn ich da nicht immer selbst kontrolliere ...«

Herr Johannson war aus seiner Erstarrung erwacht und folgte Hirth auf die Empore. Dieser war schon an der Schaufensterpuppe, deren Fuß sich so unglücklich verkeilt hatte, dass sie beide ein paar Minuten beschäftigt waren, die Puppe zu befreien und wohlbehalten nach oben zu ziehen. Um ein Haar wäre sie ihnen im letzten Moment entglitten und auf das edle Eichenparkett geknallt.

Herrn Johannsons Herzschlag hatte sich immer noch nicht wieder ganz beruhigt. Die Puppe lehnte jetzt am Geländer und sah recht derangiert aus. Hirth drapierte den Schal gekonnt wie ein Dekorateur. Herr Johannson versuchte, sich auf das eigentliche Gespräch zu besinnen, und als er wieder zu Atem gekommen war, meinte er schließlich:

»Sechs Millionen sind viel zu viel. Da werden Sie diesen Riesenschuppen nie los.«

»Zu viel??«

Hirth fuhr mit einer Geschwindigkeit herum, die man ihm bei seiner Leibesfülle gar nicht zugetraut hätte.

»Haben Sie nicht begriffen, wie viel Geld ich in diese Kirche gesteckt habe? Das ist eine einmalige Location, mindestens das Doppelte wert, haben Sie nicht gesehen, dass das Objekt komplett durchsaniert ist?«

Er war laut geworden, seine Stimme überschlug sich. Auf der Oberlippe hatten sich ein paar Schweißperlen gebildet. Vermutlich war Hirth in größeren Schwierigkeiten, als er bisher zugegeben hatte.

Wenige Augenblicke später betrat der Eventmanager das Kircheninnere. Herr Johannson nutzte die Gelegenheit und murmelte etwas von weiteren Terminen. Der dicke Investor nahm Johannsons rechte Hand in seine beiden fleischigen Hände:

»Überlegen Sie es sich noch einmal, Johannson, mit einer kleinen Finanzspritze und den richtigen Ideen könnte man den Kahn hier, das Kirchenschiff, ha, ha, ganz schnell wieder flottmachen, das würde sich rechnen, glauben Sie mir! Natürlich, wenn Sie einen finanzstarken Käufer auftreiben, sind wir auch im Geschäft, die Kaufsumme ist schon am Limit, aber es lässt sich über alles reden ...«

»Weder ... noch ...«, sagte Herr Johannson und ging zu seinem Mustang.

»Überschlafen Sie die Sache, ich rufe Sie an!«, rief Hirth hinter ihm her.

Im Auto war ihm schwindelig. Er war froh, sitzen zu können, gerade rechtzeitig. Sein Puls schien ihm immer noch unregelmäßig. Oder hatte er einfach nur Angst? Angst vor einer baumelnden Schaufensterpuppe? Als er das Lenkrad anfasste, zitterten seine Hände. Unwirsch schüttelte er den Kopf. Der Schädel fühlte sich leer an. Wie lange würde er noch Auto fahren können?

Bei der Morgenbesprechung teilte er seinen Mitarbeitern lapidar mit, dass er sich mit Hirth nicht einig geworden sei und dass man das Objekt ›Marthakirche‹ leider zu den Akten legen müsse. Die Schaufensterpuppe ließ er unerwähnt.

Annette

Annette. Die Frau, die aus dem U-Bahn-Schacht stieg, war unzweifelhaft Annette. Er wollte sie rufen, hatte schon den Arm zu einem Winken erhoben. Herr Johannson beschleunigte seine Schritte. Annette in Hamburg. In der U-Bahn. Sie hatte ihn seit mindestens zwei Wochen nicht angerufen. Er sie auch nicht. Immerhin, er dachte wieder häufiger an Annette, seit er mit Börnsen vor Melanies Wohnung zusammengetroffen war. Die Annette, die er früher gekannt hatte. Er traf Melanie jeden Tag im Büro. Glücklicherweise hatte er sie während der ›Affäre‹ im Büro weiterhin gesiezt. Es hatte keine Auseinandersetzung gegeben. So fiel es ihm jetzt nicht allzu schwer, einfach eine kompetente Team-Assistentin in ihr zu sehen und sonst nichts. Er behandelte sie wie immer und sie fragte nicht nach und funktionierte tadellos in ihrem Job. Die Tatsache, dass sie nicht nachfragte, warum er seine Besuche bei ihr eingestellt hatte, bestätigte seine Vermutungen. Er bemühte sich, nicht mehr hinzuschauen, wenn sie mit ihrem unnachahmlichen Gang über den Flur schwebte.

Die Frau vor ihm auf dem Rathausmarkt hatte eindeutig Annettes Gang. Energisch, die Schritte etwas zu groß. Die grauen wallenden Haare, die zarte Gestalt. Sie ging an den Arkaden hinunter zur Binnenalster. Er hielt Abstand. Was wollte sie in Hamburg? War sie einfach hergeflogen, ohne ihm vorher etwas zu sagen? Warum war sie nicht nach Hause gekommen? Vielleicht kam sie gerade vom Flughafen? Seit wann benutzte sie die U-Bahn? Am Jungfernstieg hatte er sie plötzlich verloren. Zu viele Touristen. Er sah sich nach allen Richtungen um. Reklame- und Baustellentafeln versperrten den Blick über die Alster. Was tat er hier nur? Welchen Sinn machte es, hinter Annette herzulaufen? Ob sie nun auf Lanzarote war oder in Hamburg, das machte doch keinen Unterschied! Er ging am Bauzaun vorbei zum Alsterufer und beobachtete die Schwäne. Kleine Wellen glitzerten in einer fahlen Herbstsonne. Jetzt hatte er nicht mehr genug Zeit, um in Ruhe Mittag zu essen. Da hätte er auch mit Börnsen in das Bistro in der Handelskammer gehen können. Verlorene Zeit.

Er ließ den Blick über das Wasser schweifen und entdeckte die Frau am nördlichen Ufer der Binnenalster. Als wenn sie zu Fuß nach Poppenbüttel gehen wollte. Er setzte sich wieder in Bewegung, verfiel in einen ungewohnten Laufschritt. Sein Mantel hinderte ihn an echter sportlicher Betätigung, aber er bemerkte mit Genugtuung, dass er nicht sofort außer Atem kam. Er hätte sie leicht einholen können. Die Luft war frisch und roch angenehm nach Laub. Er hielt den Abstand. Er ließ sie nicht mehr aus den Augen, wagte kaum zu blinzeln, bemüht, jede Richtungsänderung vorauszusehen. Sie ging durch den kleinen Fußgängertunnel unter der Lombardsbrücke. An der Außenalster wandte sie sich nach links, die Alsterterrassen hoch und verschwand in einem Apartmenthaus mit versetzen Balkonen. Als Herr Johannson den Eingang erreichte, sah er an die hundert Namen neben der Tür. Aussichtslos. Unschlüssig blieb er eine Weile stehen. Annette hatte einen Lover in Hamburg. Bisher hatte sie ihre Liebschaften sehr diskret auf Lanzarote beschränkt. Jüngere Männer, bevorzugt Einheimische, jedenfalls vermutete er das, seit er sie vor Jahren einmal an dem kleinen Strand im schwarzen Sand unterhalb des Hauses in Costa Teguise beobachtet hatte. Sie hatten nie darüber gesprochen. Annette war fast dreiundfünfzig ... und sie sah älter aus. Vielleicht besuchte sie einfach eine Freundin. Herr Johannson betrachtete jeden einzelnen Namen, es kam ihm nichts bekannt vor, außer Schmidt. Frau Schmidt, die Haushälterin, wohnte in Sasel, auf der anderen Seite des Hennebergparks.

Er ging zurück zum Alsterufer und winkte einem Taxi. Er hatte Glück. Erschöpft ließ er sich in die weichen Ledersitze fallen.

»Zum Afrikahaus, bitte.«

Börnsen erzählte er, ihm sei etwas dazwischen gekommen, er habe nicht zu Tisch gehen können. Er sei jetzt etwas unkonzentriert, ob Börnsen nicht die Leitung des Meetings übernehmen könne. Zum Kotzen, wie Börnsen ihn ansah, wenn er »Selbstverständlich gern, Herr Johannson!« sagte. Soviel Mitleid, Spott und Gier. Er würde sich einfach von ihm trennen müssen ... eines Tages. Er würde zumindest endlich einen genaueren Blick in Börnsens Abrechnungen werfen. Er würde ... er wusste, er würde den Termin bei Notar Degenhardt wahrnehmen.

Als Herr Johannson die Kanzlei Degenhardt am späten Nachmittag verließ, fühlte er keine Erleichterung, obwohl er sich kurz vorher sicher gewesen war, das Richtige zu tun. Börnsen mochte seine schlechten Seiten haben, aber er kannte das Geschäft und er war gut. Der Einzige, den er sich vorstellen konnte. Er selbst war einfach nicht mehr in der Lage, jeden Tag ins immer gleiche Büro zu gehen, es verursachte ihm körperliche Übelkeit. Ein Geschäftsführer war die beste Lösung, er hatte keine Erben, er war dreiundsechzig Jahre alt, es war an der Zeit, Entscheidungen zu treffen, sich aus dem Büro Schritt für Schritt zurückzuziehen. Und er war es Arnold Winkler schuldig, das Immobilienbüro ›Johannson und Winkler‹ am Leben zu erhalten, und dafür ging derzeit kein Weg an Alexander Börnsen vorbei. Die kleinen Nebengeschäfte würden die Firma nicht umbringen.

Und doch war alles falsch.

Es regnete bleiern. Herr Johannson hatte keinen Schirm dabei. Ein Straßenmusikant stand unter dem Vordach am Eingang zur Gänsemarktpassage und sang russische Lieder mit einem schmalzigen Tenor. Kaltes Blei tropfte auf die schwarzen Schirme der anderen. Herr Johannson zog seinen Mantelkragen hoch und schaute in den Himmel. So war das Wetter in Hamburg nicht zum ersten Mal in seinem Leben, aber noch nie hatte ein bisschen Regen eine derartige Schwere bei ihm ausgelöst. Selbst der Mustang, der in einer Seitenstraße stand, erschien ihm grau, als sei auch das Auto in den paar Monaten gealtert, in denen er es regelmäßig benutzt hatte. Er fuhr durch den nicht enden wollenden Regen nach Hause.

Der Anrufbeantworter blinkte. Annette!!

»Hallo Mischa, du meldest dich ja gar nicht mehr! Geht's dir gut? Der Workshop war ein voller Erfolg. Ich habe einen einheimischen Künstler kennengelernt. Er macht Skulpturen aus Naturmaterialien. Er ist genial!«

Ihre Stimme klang begeistert, es sprudelte nur so aus ihr heraus:

»Vielleicht werden wir gemeinsam eine Ausstellung in Arrecife machen. Er kennt einen Galeristen dort. Ich werde deshalb vermutlich den ganzen Dezember hier bleiben. Was machst du Weihnachten? Du kannst ja ...«, (fünf Sekunden Pause) »... hier herunterkommen, wenn du Zeit hast. Meld' dich doch mal. Mach's gut.«

Herr Johannson starrte ungläubig auf das Telefon. Die Nachricht war von heute, kein Zweifel. Er hatte sie gesehen, vor sechs Stunden, an der Alster, kein Zweifel. Es war ihre Stimme, kein Zweifel. Sie sprach so schnell, er hatte sie missverstanden.

Es war erst Ende Oktober und er hatte sie in der Stadt gesehen. Natürlich würde sie am sechsten Dezember da sein an ihrem Geburtstag. Annettes großer Tag, nur einmal im Jahr!

Er ließ das Band erneut laufen. Seit dreißig Jahren gab es im Hause Johannson einen großen Empfang am sechsten Dezember. Unter Annettes perfekter Regie trafen Kunst und Geld zusammen. Sie würde sicher kommen, wenn sie nicht sowieso schon heimlich in Hamburg war.

Er ließ das Band ein drittes Mal laufen. Herr Johannson fand keine Erklärung. Da war wieder dieses Zerfasern, die Gedanken, die sich voneinander entfernten, anstatt sich zu einem sinnvollen Puzzle zusammenzufügen. War er heute an der Alster gewesen? Hatte er das Gesicht der Frau wirklich gesehen? Was für ein Spiel trieb Annette da mit ihm? Eigentlich konnte es ihm egal sein, ein Lover im Alsterpark oder ein »einheimischer Künstler« auf Lanzarote, das kam im Prinzip auf das Gleiche heraus. Er starrte durch die von Frau Schmidt blankgeputzten Scheiben in den dunklen Garten hinaus und ließ Gedanken und Gefühle sich voneinander entfernen.

Liesen-Villa III

Besonders wenn die Eigentümer bei einer Besichtigung nicht dabei waren, bemühte sich Herr Johannson, lange vor den Kunden im Objekt zu sein. Er sog die Atmosphäre des Hauses in sich auf und nach einem Rundgang allein fiel es ihm leicht, einen allwissenden Hausherren darzustellen, der souverän die kleinen Schwächen des Hauses zwar nicht verschwieg, sie aber charmant mit wichtigen Vorzügen zu vermengen wusste.

Herr Johannson fuhr eineinhalb Stunden früher los. Er suchte einen Parkplatz für den Mustang außerhalb des Liesen-Grundstücks, fand nur mit Mühe etwas auf dem bewachten Parking am Teufelsbrück und musste fast fünfhundert Meter zurücklaufen. Auf sein Klingeln öffnete eine fremde Frau. Sie stellte sich als die Haushälterin der verstorbenen Frau Butensohn vor.

»Frau Phillips ist heute verhindert, das wissen Sie ja. Sie hat mich gebeten, hier aufzuschließen. Ich weiß nicht, soll ich Ihnen noch irgendetwas zeigen? Ansonsten würde ich gern gleich wieder gehen, hab' viel zu tun heute, wenn ich nicht benötigt werde? Den Schlüssel können Sie am Schluss einfach in den Briefkasten werfen. Ich komme dann morgen wieder zum Lüften. Und Frau Phillips ruft Sie an?«

Herr Johannson nickte: »Kein Problem, ich kenne mich ja schon aus.«

Er verstand sein Gefühl der Erleichterung selbst nicht, als er allein in der Halle stand. Hatte er Frau Phillips nicht besonders sympathisch und attraktiv gefunden? Hatte er nicht gehofft, sie im Zusammenhang mit diesem Auftrag öfter zu treffen? Womöglich sogar darüber hinaus? Und doch, als sie anrief, um ihn zu bitten, die Interessenten allein durchs Haus zu führen, war er nicht enttäuscht gewesen. Auch mit einer Frau Phillips war Konversation anstrengend. Jetzt gehörte ihm die Villa für ein paar Minuten ganz allein.

Bis zum Kundentermin blieb etwa eine halbe Stunde. Endlich Zeit, das Haus auf sich wirken zu lassen. Offensichtlich hatte man es mittlerweile leergeräumt. Die Wirkung im Wohnbereich war verblüffend. Weit und hell, großzügig und elegant, der Stuck mit den Jugendstilornamenten kam jetzt erst richtig zur Geltung. Das Parkett glänzte wie neu, die Haushälterin hatte sich wohl ein letztes Mal richtig ins Zeug gelegt, oder hoffte das Personal, übernommen zu werden?

Herr Johannson trat auf die Terrasse. Im Garten war nichts mehr gemacht worden. Das Gras stand höher und trockener als zuvor, das Herbstlaub der alten Bäume rahmte den Blick auf die Elbe ein. Der Fluss kämpfte mit weißen Gischtkronen gegen die auflaufende Flut. Am anderen Ufer wagten sich ein paar Sonnenstrahlen durch den Hochnebel und legten einen weißen Glanz auf die Dächer der Werkshallen von EADS.

Herr Johannson schlenderte bedächtig von Zimmer zu Zimmer. In einem Raum stand noch ein einsamer Schreibtisch mit einem Telefon darauf. Er legte seine Mappe mit den Unterlagen von Architekt Schiefer dort ab und stieg die geschwungene Treppe hinauf zur Galerie. Das dunkle Holz glänzte matt. Ihm fiel ein, dass er versäumt hatte, das Holz von einem Fachmann untersuchen zu lassen. Egal, es war sicher Mahagoni, und in einem hervorragenden Zustand. Auch die Zimmer im ersten Stock wirkten ohne Möbel viel großzügiger als bei seinem ersten Besuch. Im zweiten Stock hatten die Zimmer Dachschrägen mit romantischen halbrunden Erkerfenstern, die allerdings nicht viel Licht hereinließen.

Die Treppe zum Turmzimmer war ausgetreten und sehr lange nicht mehr gestrichen. Es roch nach Staub und feuchtem Kalk. Auf der vorletzten Stufe knickte Herr Johannson mit dem Fuß um. Er fühlte keinen Schmerz, aber es genügte, um seine Aufmerksamkeit auf seinen Körper zu lenken. Durch die offene Tür konnte er schon den Himmel in den Fenstern des Turmzimmers sehen und sich den unverstellten Blick hinüber ins Alte Land und elbaufwärts womöglich bis zum Michel vorstellen. Doch er blieb auf der drittletzten Stufe stehen und spürte von innen in seinen Fuß. Kein Schmerz, eher ein Taubheitsgefühl, was sich dort ausbreitete, ein innerliches Anschwellen, ein Fremdheitsgefühl. Es wurde übermächtig. Eine Sekunde lang dachte er an den Staub auf seinem dunkelblauen Anzug, aber dann setzte er sich einfach auf die Stufen und massierte seine Wade. Es kribbelte. Er zog den rechten Schuh und schließlich auch den Strumpf aus. Der Fuß fühlte sich von außen kalt an und von innen geschwollen. Er massierte den Fuß, berührte jede einzelne Zehe, er spürte die Berührung und doch wieder nicht. Während er sich nach vorn gebeugt mit seinem rechten Fuß beschäftigte, begann es im linken Fuß zu pochen. Er veränderte seine Haltung, sein Herz schlug etwas unregelmäßig, er dachte an den Staub auf seinem Anzug und daran, wie viele Minuten bis zur Ankunft der Kunden wohl noch blieben. Er sah nicht auf die Uhr, sondern zog den linken Schuh aus. Die nackten Füße, die aus den dunkelblauen Hosenenden schauten, waren sehr weiß. Sie waren erstaunlicherweise gleich groß, obwohl Herr Johannson von innen das Gefühl hatte, als wenn sie sich verformten. Er massierte mit fester Hand, doch so sehr er auch drückte, er vermochte keinen Schmerz zu erzeugen. Kein Kopfschmerz, kein Fußschmerz. Er fand die Abwesenheit von Schmerz beunruhigend. Die Kälte der Füße übertrug sich nach und nach auf die Hände. Er rieb die Hände aneinander und hielt inne. Er wagte die Hände nicht mehr zu bewegen, weil sich die Innensicht auf seine Hände ebenfalls veränderte. Sie blähten sich auf, verformten sich wie eine gallertartige Masse. Er starrte die Hände an, die äußerlich wie immer schienen.

Kälte und Taubheit krochen von den Füßen in die Waden. Er streckte die Füße vor sich aus und traute sich nicht mehr, sie auf der Treppenstufe abzusetzen, aus Angst, das Gefühl, das beim Absetzen der Füße auf dem abgetretenen Holz erzeugt würde, könnte zu fremdartig sein.

Und dann meinte er, die Kälte am Herzen zu spüren. Kein Schmerz. Gallertartige Kälte.

Der Tod? War es das? Er stellte sich vor, wie die Haushälterin von Frau Butensohn erst nach Wochen dem Verwesungsgeruch nachging und seinen Kadaver auf den Stufen zum Turmzimmer fand.

Später hatte er keinerlei Vorstellung über die zeitlichen Abläufe.

Der Knall, den der Flügelschlag einer Taube an den Fenstern des Turmzimmers erzeugte, ließ ihn hochschrecken. Auf der Suche nach

Halt berührten seine nackten Füße die Treppenstufe – ohne Fremdheitsgefühl. Verwirrt bewegte er seine Finger, dann die Zehen – keine Unstimmigkeiten.

Fast wusste er nicht mehr, weshalb Schuhe und Strümpfe auf den Stufen lagen, und er zog sich wieder an. Die Hände zitterten leicht. Herr Johannson hievte sich am Treppengeländer hoch und versuchte zu stehen. Er sah sich nicht in der Lage, die letzten beiden Treppenstufen zu erklimmen. Das Turmzimmer würde warten müssen.

Treppab ging es. Er hielt sich anfangs mit aller Kraft am Geländer fest, doch mit jedem Schritt wurde er sicherer. Er spürte kalten Schweiß, aber keinen Schwindel. Alles in Ordnung.

Als er den unteren Treppenabsatz in der Halle erreichte, klingelte es an der Haustür. Er klopfte den Staub von seinem Anzug, rückte die Krawatte zurecht und fuhr sich durchs Haar. Er suchte vergeblich nach einem Spiegel, denn auch die Möbelstücke aus der Halle waren alle entfernt worden. Die Klingel schrillte zum zweiten Mal. Herr Johannson atmete tief durch, wippte einmal auf den Zehen auf und ab, um sich seiner Bewegungsmöglichkeiten zu versichern. Die tausendfach geübte, immer charmante Kundenbegrüßung würde heute vielleicht nicht perfekt ausfallen, immerhin hatte er gerade ein Nahtod-Erlebnis – nein, das war wohl in der Formulierung etwas zu hoch gegriffen, aber was sonst? – gehabt.

Nicht nachdenken, lächeln. Er öffnete schwungvoll die Tür. Das Ehepaar Mertens war viel jünger, als er es sich nach dem Telefonat vorgestellt hatte.

(»Wir suchen etwas Repräsentatives ..., wir pflegen sehr viele Geschäftsbeziehungen, da möchte man Kunden auch zu sich nach Hause einladen ..., wir müssen auch öfter Gäste aus dem Ausland empfangen ..., Ihr Auftritt im Internet hat uns sehr angesprochen ...«)

Herr Johannson hatte Erkundigungen eingezogen. Dr. Mertens Finanzberatung, eine solide Firma, sehr guter Ruf, eine Filiale in London, insgesamt 95 Mitarbeiter, unbeschadet durch die Finanzkrise gegangen.

Herr Dr. Mertens sah aus, als hätte er die Dreißig noch nicht lange überschritten, und versuchte, mit einer dicken Hornbrille und reserviertem Verhalten etwas reifer zu wirken.

»Mertens. Wir hatten telefoniert.«

Frau Mertens war klein und etwas übergewichtig mit einem runden, offenen Gesicht. Sie gab Herrn Johannson die Hand und begann zu reden:

»Herr Johannson, ich freue mich, dass wir uns endlich kennenlernen! Ich bin ja schon so gespannt! Ein Haus am Elbufer, das war schon immer mein Traum! Die Luft ist gleich ganz anders hier. Obwohl, wir wohnen gar nicht weit, in Niendorf, im alten Ortskern, ich hatte mich in das Haus verliebt, Altbau, aber jetzt ..., es ist einfach zu klein, alles zu eng, die niedrigen Decken, Sie machen sich keine Vorstellung, es erschlägt einen ...«

Als sie Luft holen musste, konnte Herr Johannson endlich ein paar einleitende Floskeln loswerden.

Die Decke im Eingangsbereich war als Kreuzgewölbe gestaltet und von einem Mosaik bedeckt, das einen nächtlichen Sternenhimmel darstellte. Herr Johannson erläuterte dieses Kleinod.

»... Alles reinster Jugendstil, schauen Sie nur!«

Frau Mertens war sofort begeistert.

»Unglaublich, ist das original?«

Der Herr Doktor fand es eher kitschig.

»... und was das allein kosten würde, es ordentlich zu restaurieren! Sowas kann man doch heutzutage gar nicht mehr bezahlen. Wenn man sich vorstellt, wie viele Arbeitsstunden damals für diesen Kitsch drauf gegangen sind ...«

»1911, da war der Arbeitslohn in Deutschland eher gering bemessen, Manpower spielte keine Rolle sozusagen.«

Während Herr Johannson sich reden hörte, erschienen Sklavenbilder vor ihm, Eduard Liesen lässt Neger auspeitschen, weil sie sich weigern, sich ›freiwillig‹ zum Bau des Panamakanals verschiffen zu lassen.

Die Dame sagte: »Das spielte doch alles damals für die Liesens gar keine Rolle, waren die nicht mal die reichsten Reeder Hamburgs?«

»Deutschlands, Schatz, wenn nicht sogar weltweit, nicht wahr, Herr Johannson? Historischer Boden, diese Villa, hanseatische Geschichte, Geld spielte damals keine Rolle.«

Mit diesen Worten betrat Herr Dr. Mertens die große Halle.

›Sklavengeld‹, nein das hatte Herr Johannson nur gedacht. Sprachkontrolle ... Konzentration!

»So ist es, Herr Dr. Mertens, bitte, gnädige Frau, treten Sie doch ein, lassen Sie die Halle auf sich wirken! Das Treppenhaus, die Galerie, Tropenholz, die Fenster, alles original Jugendstil.«

Sie begutachteten die Räume im Erdgeschoss und im Anbau. Frau Mertens war angetan.

»Schatz, sieh nur, den Stuck! Wie hoch sind diese Räume? Drei Meter achtzig? Wahnsinn!«

Sie zog Vergleiche mit dem Haus, das sie bisher bewohnten, in dem alles verwinkelt, dunkel und unpraktisch zu sein schien. Herr Dr. Mertens hingegen blieb eher kritisch, er sah den Sanierungsbedarf, die vielen kleinen Mängel, die ökologischen Probleme ...

Er betonte, dass er das alte Haus in Niendorf vor fünf Jahren habe sanieren lassen, er kenne sich da aus.

»Denkmalschutz, das macht nur Probleme, das Haus, in dem wir jetzt wohnen, ist von 1790, was glauben Sie, was wir da für Schwierigkeiten hatten mit dem Umbau, und jetzt ist es meiner Frau zu klein, na ja, natürlich wünsche ich mir auch irgendwann Kinder. Und meiner Firma geht's nicht schlecht, man muss da heutzutage repräsentieren, das verstehen Sie doch sicher ...«

Herr Johannson konzentrierte sich auf die Frau. Er wies sie auf kleine Details an den Stuckdecken hin, den Lichteinfall von der Terrasse her und die praktische Aufteilung im Küchenbereich.

Auf der Treppe zum Turmzimmer ließ er seine Kunden vorgehen. In ihrer Begeisterung fiel zumindest Frau Mertens gar nicht auf, dass Herr Johannson die letzten Stufen nicht überwand.

Die Vorbehalte des Herrn Dr. Mertens aus dem Wege zu räumen, würde ein gutes Stück Arbeit werden. Dennoch sah Herr Johannson Chancen, als sie zurück im Erdgeschoss waren, und Frau Mertens schon begann, im Geiste Möbel aufzustellen. Aus langer Erfahrung wusste er, dass die Entscheidung zu einem Immobilienkauf, mal abgesehen von den finanziellen Gegebenheiten, in der Regel von den beteiligten Frauen getroffen wird.

Neben der Küche führte eine Treppe ins Untergeschoss. Zur Nordseite hin gab es großzügige Kellerräume mit Kreuzgewölbe, zur Südseite waren zwei Zimmer ausgebaut. Das Personal war bei den Liesens zumindest teilweise nicht so schlecht untergebracht gewesen: Souterrain mit Elbblick.

Herr Johannson glaubte schon alles über das Haus der Mertens im Stadtteil Niendorf zu wissen, aber Frau Mertens Begeisterungsstürme machten auch im Keller nicht halt.

»Nein, wie romantisch! Und so viel Platz! Stellen Sie sich vor, unser Haus in Niendorf hat nur einen Kriechkeller, wie soll man da den Wein lagern, und alles viel zu eng ...«

Die Frau sprach ohne Punkt und Komma und ohne Höhen und Tiefen, sodass fast alles Herrn Johannsons Aufmerksamkeit entging. Doch das Wort ›Kriechkeller‹ setzte sich fest. Die Villa Liesen hatte keinen Kriechkeller, nicht mal unter dem Anbau. Das Wort klammerte sich an seine Gehirnwindungen und drängte sich so in den Vordergrund, dass er alle Konzentration aufwenden musste, um ›Gewölbekeller‹ zu sagen.

»Der Gewölbekeller der Villa wurde von der Familie Liesen von Anbeginn als Weinkeller genutzt, bestes Klima, gleichbleibende Temperatur ...« – ›Im Kriech-... Gewölbekeller, wer würde denn seinen Wein in einem Kriechkeller lagern ...‹

Das Ehepaar Mertens reagierte nicht. Er hatte den letzten Satz wohl nicht laut gesagt. Was hatte er laut gesagt? »... Gewölbekeller«. »... Gewölbekeller«.

Nun schauten beide Herrn Johannson irritiert an, sogar der Redefluss der Frau war verebbt. Er hatte vermutlich gerade zum dritten Mal ›Gewölbekeller‹ gesagt.

Eine seit Jahren nicht gekannte Röte stieg an seinem Hals auf. Er versuchte, die beiden rasch aus dem Keller herauszulotsen, zurück in den Salon, ins warme Licht.

Antiquitätengeschäft

Herr Johannson war heute nicht rasiert. Es hatte sich nicht ergeben. Der Tag war überhaupt nicht nach seinem Geschmack.

Börnsen hatte ihn wieder einmal bloßgestellt, ohne ihn bloßzustellen.

»... dringend den Internetauftritt verändern, ... Flash ist out, die Seite ist schlicht veraltet. Ich würde das gern ganz neu stylen, wenn es Ihnen Recht ist, oder möchten Sie lieber eine Software-Firma beauftragen? Java Skript und HTML 5, die Farben kommen dann besser, besonders bei dynamischen Elementen, wir könnten für jedes Objekt entsprechende Animationen einspielen, was sagen Sie, Herr Johannson?«

Börnsen wusste genau, dass er seinem Chef im Bereich Internet für immer überlegen war, warum ließ er ihn nicht einfach damit in Ruhe?

Herr Johannson hätte zu Hause bleiben sollen, aber montags kam Frau Schmidt nicht.

Er trat in den Innenhof des Afrikahauses. Der Schneeregen hielt seit dem Morgen an, die steinernen Elefanten hatten eine tropfende weiße Decke. Wintereinbruch Mitte November. Herr Johannson schob die Hände tief in die Manteltaschen und überquerte den Hof. Hinter dem gusseisernen Tor mit den goldenen Palmen wartete das Taxi schon. Er deutete einen Gruß an und stieg hinten ein. Wohlige Wärme umfing ihn, störend nur das stechende Aftershave des vorigen Gastes – oder sprühte der Taxifahrer seine Sitze mit Aftershave ein? Er betrachtete den Hinterkopf des Fahrers. Er musste nachdenken. Ein Antiquitätengeschäft. Ein repräsentables Schmuckstück für ein repräsentables Schmuckstück ..., es war höchste Zeit, ein Geburtstagsgeschenk für Annette zu besorgen. Der merkwürdige Spruch auf dem Anrufbeantworter ..., nein, sie würde sicher kommen. Vermutlich war sie schon längst dabei, die Party zu organisieren, sich ein originelles Motto und neue Highlights auszudenken. Nikolausfeier bei Annette Johannson. Kunst und Glamour, Bauen, Wohnen und Geld. Melanie hatte seinen Teil der Einladungsliste schon vor vier Wochen an Annette gemailt.

Traditionell kümmerte sie sich allein um die Einladungen, sie verschickte Kunstpostkarten mit ihren neuesten Werken.

Obwohl er in jedem Jahr weniger Lust auf die vielen Menschen und den Small Talk hatte, Nikolaus, das war doch immerhin etwas, was ihn mit Annette verband.

Ja, ein Antiquitätengeschäft wäre gut.

»Hallo, hören Sie nicht? Wo soll's hingehen? Ich kann doch nicht ewig hier stehen bleiben. Halteverbot!«

Der Taxifahrer klang sehr ungehalten. Herr Johannson hatte ihn wohl überhört.

»Ja ..., einen Moment bitte, ein Antiquitätengeschäft ... äh, fahren Sie bitte in Richtung Gänsemarkt, in die Hohen Bleichen oder so, ich muss mal sehen.«

Der Taxifahrer brummelte etwas Unverständliches, aber eindeutig Unfreundliches, und fädelte sich in den Verkehr ein.

Herr Johannson erwog, den Kauf eines neuen Wagens jetzt nicht mehr allzu lang hinauszuschieben. Das Verdeck des Mustang war nicht dicht. Oder ein neues Verdeck einbauen lassen?

Herr Johannson versuchte, sich auf den Geburtstag seiner Frau zu konzentrieren. Ein altes Möbelstück. Annette wäre sicher verwundert über so ein Geschenk von ihm. Vor seinen Augen fanden nur klare Linien Gnade, Bauhaus und die Farben schwarz und weiß. Ihr Atelier im Souterrain hatte sie mit unterschiedlichsten Stücken eingerichtet, es standen sogar einzelne Sachen dort, die sie auf einem Flohmarkt in Paris erstanden hatte.

(»Diese Möbel sprechen zu mir, das brauche ich für meine Kreativität!«, sagte sie, »Bauhaus ist auch schön, aber nicht überall!«)

Wie es mittlerweile in dem Haus in Costa Teguise aussah, mochte er sich gar nicht ausmalen ... Landhausstil ...

Es wäre eine Geste, ihr ein altes Möbelstück zu schenken, ja, eine Geste des guten Willens. Eine Geste, die etwas ändern würde? Was?

Herr Johansson betrat das Antiquitätengeschäft, nachdem er schon eine Weile die Auslagen begutachtet hatte. Die Entscheidung, wirklich hineinzugehen, fiel vor allem, weil ihm die Kälte unter den Mantel kroch und seine Finger klamm wurden. Drinnen war es dunkler und staubiger, als den edlen Schaufenstern nach zu erwarten gewesen wäre, wenigstens warm. Es roch nach Möbelpolitur. Der Raum war langgestreckt, vorn waren überwiegend Tischlampen, Kerzenständer und Geschirr dekoriert, japanische Teetassen mit zartem Goldrand, bunte Römergläser. Nach hinten verloren sich Tische, Stühle und wuchtige Schränke im Dämmerlicht. Wenn man von den edlen Teppichen absah, mit denen der Fußboden bedeckt war, sah es mehr aus wie bei einem Trödler, allerdings schienen die Stücke alle fachmännisch restauriert zu sein.

Eine Dame undefinierbaren Alters, doch sicher älter als seine Frau, sehr gepflegt und elegant gekleidet, fragte ihn nach seinen Wünschen. Sie sah aus wie die edlen Stücke im Schaufenster: alt, aufpoliert und teuer.

»Tja, ich suche etwas Besonderes zum Geburtstag meiner Frau, vielleicht ein kleines Möbelstück, sie liebt alte Möbel, ein Blickfang, es darf ruhig ein bisschen auffällig sein.«

Die Dame lächelte, allerdings bemerkte Herr Johannson etwas irritiert, dass sich der Mund dabei stufenweise, wie abgehackt, bewegte.

Sie betätigte einen Schalter und einige Kronleuchter und Lüster verschiedenster Stile verströmten warmes, jedoch nach wie vor schummriges Licht in dem langgestreckten Verkaufsraum. Mit einer Geste lud sie ihn ein, ihr zu folgen:

»Da haben wir sicher etwas für Sie, welche Epoche soll es denn sein? Vielleicht dieses Tischchen, Biedermeier?«

Sie musterte ihren Kunden in seinem Kaschmirmantel und seinen maßgefertigten Schuhen.

»... Oder nein, schauen Sie doch bitte mal hier hinten der kleine Sekretär, ein Damensekretär aus dem Barock, um 1780, alle Holzteile Original, über den Preis ließe sich verhandeln ...«

Während sie zu dem Sekretär hinüberging und die Schubladen öffnete, schien es Herrn Johannson, als bewegte sie sich wie eine Marionette. Waren da nicht hauchdünne Fäden? Er rief sich zur Ordnung und nahm das Möbelstück näher in Augenschein. Auf der Schreibplatte stand eine ausladende Schale aus Porzellan mit Blumendekor, von vier Putten getragen.

»Die gehört aber nicht dazu?«

»Meissen von 1890, ein Einzelstück, eine ganz ungewöhnliche Arbeit ...«

Sie sah die hochgezogenen Augenbrauen von Herrn Johannson und entfernte die Schale wortlos. Ihre Bewegungen hatten etwas von einem Roboter an sich.

»Der Sekretär ist wirklich etwas Besonderes, behutsam restauriert, Nussbaum, sehen Sie hier, die Intarsien, eine wunderschöne Arbeit, und am Aufbau, diese Blende ist verschiebbar, dahinter noch drei kleine Schubladen, alle voll funktionstüchtig, ist das nicht ganz reizend?«

Die Dame sprach so abgehackt, dass er sie kaum verstehen konnte. Sie trat etwas zurück und hüstelte mehrfach, als wenn sie versuchte, ihre Stimme zurückzugewinnen.

Herr Johannson strich über das polierte Holz, die Schreibplatte war als Halbkreis gefertigt, darunter vier geschwungene Beine, die untereinander mit Verstrebungen verstärkt waren. Die vielen kleinen Schubladen trugen aufwendige Bronzebeschläge. Eine sehr solide Arbeit. Er schob die Zierblende hin und her und zog ein paar Schubladen heraus. Während er in die Hocke ging, um sich die Schreibplatte von unten anzusehen, hörte er plötzlich hinter sich ein leise surrendes Motorengeräusch.

Er wandte sich um, und da stand die Frau zwischen zwei antiken Säulen, die Hände unnatürlich gehoben. Er sah jetzt die Fäden deutlich, die von kleinen Seilbahnen gezogen wurden und sanft, aber kontinuierlich die Haut der Frau auseinander zogen.

Ihr Lächeln verzerrte sich zu einer teuflischen Fratze, dann zerriss die Haut, behutsam, nach und nach, wie morscher Stoff zerreißt. Die Seilbahnen trugen die Hautfetzen, dünn und durchscheinend wie Spinnweben, fort in die letzten dunklen Ecken des Raumes. Unter der Haut war – nichts.

Das Podest zwischen den Säulen war leer. Herr Johannson schloss kurz die Augen und schaute wieder hin.

Er war allein. Auch die kleinen Seilbahnen sah er nicht mehr. Natürlich nicht. Er musste einen Augenblick geträumt haben. Geträumt. Herr Johannson fühlte sich beengt. Ein Schwindel. Er ließ sich auf einen Biedermeierstuhl fallen und lockerte seine Krawatte. Er sah sich um. Das leere Podest hatte vielleicht bis vor kurzem ein besonderes Einzelstück getragen. Renaissance, passend zu den antiken Säulen. Ja, sicher.

Der Hirntumor, er machte sich in seinen Nervenzellen breit. Herr Johannson fasste sich an die Stirn. Er hatte keine Kopfschmerzen. Merkwürdigerweise hatte er nie Kopfschmerzen. In letzter Zeit waren manchmal sämtliche Gelenke ganz steif, kein wirklicher Schmerz, nur Bewegungsunfähigkeit. Dieser Hirntumor wusste sich zu tarnen, aber Herr Johannson war sicher, dass er da war. Nun produzierte er also Spuk, Tagtraum. Gedanken zerreißen, Bilder zerreißen, wie morscher Stoff.

Aber wo war die Frau? Zwischen einem unförmigen schwarz gebeizten Wäscheschrank und einer Anrichte war ein Durchgang, der nach hinten zu einer angelehnten Tür führte.

»Hallo?«, rief Herr Johannson fragend in diese Richtung, jedoch er blieb allein.

Mühsam erhob er sich, unsicher, ob ihn seine Beine überhaupt tragen würden, er trat ein paar Mal fest auf, ja, sein Körper gehorchte ihm – immer noch.

»Hallo?«, wiederholte er, bevor er die angelehnte Tür aufstieß. Er sah in einen neon-beleuchteten Büroraum, die Kaffeemaschine war an, der Computer aus, Papiere auf dem Schreibtisch unordentlich aufgestapelt, viele großformatige Fotos von antiken Möbeln. Hinter dem Schreibtisch war noch eine Tür. Herr Johannson verspürte keinen Drang, weiter nach der Dame zu forschen.

Wenn sie nichts verkaufen wollte ...? Er fühlte sich erschöpft. Drei Wochen bis zu Annettes Geburtstag. Wahrscheinlich suchte sie sich viel lieber selbst etwas aus, wenn sie aus Lanzarote zurückkam. Er würde doch nichts finden, was ihrem Geschmack entsprach. Sie war so weit weg, so fremd.

Herr Johannson trat den Rückzug an.

Hirntumor

Ein Hirntumor. Warum sagte ihm niemand, dass es ein Hirntumor war? Ob er noch einmal einen Arzt aufsuchen sollte? Einen Spezialisten?

Sinnentleerung. Ein Tumor im Sinnzentrum.

Er hatte sich die Hirntumore bei Wikipedia angesehen. Das Glioblastom gefiel ihm am besten. Passte genau zu den Veränderungen, die er fühlte. Es wuchs im Geheimen. Ein tödlicher Feind, der nach und nach alles infiltrierte. Zuerst die wichtigen Schaltstellen voneinander trennte, damit der Betroffene nichts mehr mitbekäme. Herr Johannson hatte es mitbekommen. Das Glioblastom hatte ihn nicht überlisten können.

Er ging nicht mehr in sein Arbeitszimmer. Die Bauhausmöbel dort verbreiteten eine Arbeitsatmosphäre, einen Anspruch auf Leistung, dem er sich nicht mehr gewachsen fühlte. Den meisten Teil der Zeit verbrachte er im Schlafzimmer, das einst ein gemeinsames Schlafzimmer gewesen war. In den letzten Jahren hatte Annette überwiegend im Souterrain gelebt, in einem kleinen Zimmer neben ihrem Atelier. Wenn sie überhaupt mal in Hamburg war. Wann hatte er zuletzt mit Annette geschlafen? Er konnte sich nicht erinnern. Als erstes tauchte Melanies makelloser Körper in seiner Fantasie auf.

Ach, doch, als er vor Jahren auf Lanzarote gewesen war, als er das letzte Mal auf Lanzarote gewesen war. Er hatte sich fremd gefühlt, weil Annette so viele Leute kannte, so selbstverständlich ihr Leben in dem Haus auf den Klippen lebte, dass er sich vorkam wie ein Besucher, nach einigen Tagen wie ein störender Besucher. Und doch hatten sie einen Abend allein verbracht, ohne zu streiten, sogar ohne sich anzuschweigen. Annette hatte Wein getrunken, sie war fröhlich beschwipst, es machte sie jugendlich. Es war ihm nicht peinlich, sie hatten beide nicht wenig getrunken. Sie liebten sich bei weit geöffneten Fenstern, begleitet von der lauen Luft und dem Rauschen des Atlantiks.

Am nächsten Morgen wachte er mit dem verrückten Gefühl auf, fremdgegangen zu sein. Er hatte mit einer Frau geschlafen – mit seiner

Frau – einer Frau, die längst zu Lanzarote gehörte, zu fremden Männern, über die er nichts wusste und nichts wissen wollte.

Herr Johannson lag auf dem Bett und bedauerte, dass er es niemals geschafft hatte, am Schrank mit seiner Krawattensammlung eine Glastür einbauen zu lassen. Der Schrank besaß einen Spezialeinbau, um die über hundert Krawatten optimal zu hängen und alle gleichzeitig betrachten zu können. Aber extra aufzustehen, nur um die Tür zu öffnen, dafür fühlte er sich zu schwach. In seiner Fantasie ließ er den Blick über die seidenen Schätze schweifen, die unifarbenen mit dem gemusterten Innenfutter, die verschiedenen Grautöne von Hugo Boss, Silber und Anthrazit, die Streifen in Popfarben, Pink und Türkis, die klassischen Paisley-Krawatten und die extraganten mit Kunstmotiven. Er blieb im Geiste an der Segni-Krawatte aus französischblauer Seide hängen, Maulbeerseide, in die unregelmäßig ein Netz aus weißen Fäden verwoben war, ein Glioblastom-Netz. Genau, das war ihm früher nie aufgefallen, genau wie die Zeichnung im Internet! Morgen, wenn er wieder ins Büro ging, würde er hoffentlich daran denken, diese Krawatte zu tragen, ja, bestimmt.

Seit Herr Johannson so viel Zeit im Bett verbrachte, konnte er nachts immer schlechter schlafen. Gelegentlich stand er dann im Morgengrauen auf, streifte sich eine alte Jogginghose über und ging durch die kleine Gartenpforte hinunter in den Park. Er joggte aber nicht, sondern suchte sich eine vom Schilf geschützte Bank und starrte auf das schwarze Wasser der Alster. Sein Kopf fühlte sich dort leerer an als anderswo, die Wörter versanken nach und nach im Moor. Er fühlte sich wohl in dieser Form von Meditation. Einfach loslassen. Einfach dem Hirntumor das Feld überlassen, ohne Widerstand, ohne Kampf. So verbrachte er manchmal eine Stunde oder zwei, bis die Hundebesitzer und Sportler in sein Hirn eindrangen und die entspannte Leere mit Geräuschen, Gesprächsfetzen und Hektik bevölkerten. Dann ging Herr Johannson zurück den Hang hinauf durch den Garten, machte sich einen Kaffee und suchte in der Küche nach etwas Essbarem.

Am nächsten Tag oder übernächsten Tag hatte Herr Johannson verschlafen. Zum ersten Mal seit seiner Studentenzeit. Die ganze Nacht hatte er wach gelegen und dem Glioblastom nachgespürt, das sich langsam in seinen Hirnwindungen vorarbeitete. Bei Wikipedia hatte er genau gelesen, wie sich Glioblastome entwickeln:

Glioblastome gehen von der weißen Substanz aus. Die häufigste Lokalisation ist das Großhirn, der Frontal- und der Temporallappen werden bevorzugt. Seltener manifestiert sich das Glioblastoma multiforme in Kleinhirn oder Hirnstamm. Oft wachsen Glioblastome über den Balken von einer Hirnhemisphäre in die andere. Hirndruckzeichen wie Stauungspapille, Erbrechen, Somnolenz und Koma treten erst spät auf. Das Glioblastom ist durch seine vielfältige Erscheinung gekennzeichnet, es können Einblutungen und Nekrosen auftreten. Auch Riesenzellen mit bizarren Kernen kommen vor ...

Als Herr Johannson auf den Wecker sah, war es 10.15 Uhr. Er hörte im Wintergarten Frau Schmidt, wie sie den Staubsauger einschaltete. Er musste kurz eingenickt sein. Um wacher zu werden, drückte er am Wecker auf Radiofunktion. Eine Reportage vom Nikolaus auf dem Weihnachtsmarkt. Nikolaus? Der 6. Dezember??

Annette war nicht gekommen.

Arztbesuch

Herr Johannson nahm im Wartezimmer Platz. Die Worte, die er sich überlegt hatte, wollten ihm immer wieder entwischen. Sollte er sich auf einen Zettel schreiben, was er Karl fragen wollte? Diesen Anschein von Senilität mochte er seinem Hausarzt gegenüber dann doch nicht erwecken. Er versuchte sich zu konzentrieren. Einen Spezialisten. Es würde das Beste sein, einen Spezialisten aufzusuchen.

Es erfasste ihn eine seltsame Unruhe, die sich nicht unterdrücken ließ. Erst verschaffte er sich Bewegung auf dem Stuhl, indem er sich zu dem Tisch mit den Zeitschriften vorbeugte, ohne etwas herunterzunehmen, dann schlug er das linke Bein über das rechte, dann das rechte über das linke, fuhr sich durchs Haar, lockerte seine Krawatte ..., bis er den Eindruck hatte, die anderen Wartenden lugten hinter ihren Zeitschriften hervor, um ihn zu beobachten. Da stand er auf und ging zur Toilette. Danach wanderte er auf dem Flur unschlüssig auf und ab, die Damen an der Rezeption immer im Blick, ob sie vielleicht schon nach ihm suchten. Weshalb dauerte das heute so lange? Immerhin war er nicht nur mit seinem Hausarzt befreundet sondern auch Privatpatient.

Als Karl ihn endlich begrüßte, hatte er die mühsam zurecht gelegten Worte vergessen.

Karl sprach in den jovialen Floskeln der Ärzte.

»Na, was treibt dich heute zu mir?

... Lange nicht gesehen ...

... und wie geht es Annette?«

Immerhin eine Frage, auf die Herr Johannson eine sichere Antwort wusste.

»Annette ist nicht gekommen.«

Karl blickte erstaunt auf, als wenn er sein Gegenüber erst jetzt als Individuum und Freund wirklich wahrnahm:

»Wie ..., Annette ist nicht zurückgekommen? Zu ihrem Geburtstag? Zur Nikolausparty? Letzte Woche?«

Karl schaute ungläubig.

»Es gab keine Nikolausparty?«

Herr Johannson schüttelte den Kopf.

»Ist Annette was passiert? Ich war schon verwundert, dass ich dieses Jahr keine Einladung zu eurer Party bekommen hatte, dachte, Annette liegt halt mehr an Sandra und sie wollte uns nicht zusammen einladen... Also, das verstehe ich nicht, das war doch schon eine Hamburger Institution, Annettes Nikolausparty, besser als jede Vernissage..., ist ihr was passiert? Ist sie etwa noch auf Lanzarote? Hast du sie nicht angerufen?«

»Nein, aber ihr ist sicher nichts passiert, nicht, dass ich wüsste.«

Herr Johannson legte so viel Gleichgültigkeit wie möglich in seinen Ton.

»Sie ist einfach nicht gekommen. Sie kann sich da unten künstlerisch besser verwirklichen, das Licht, weißt du?«

»Hmm«, Karl blätterte in irgendwelchen Papieren, »aber du kommst ja vermutlich nicht wegen Annette hier in die Praxis, was gibt's?«

»Nun ja. Wie soll ich es ausdrücken, ich fühle mich immer noch nicht gut, unkonzentriert, weißt du, zerstreut, lustlos. Ich habe im Internet gelesen, ein Hirntumor, ein Glioblastom, wächst infiltrierend, wird oft erst spät erkannt ...«

Der Arzt hielt inne und sah Herrn Johannson direkt in die Augen.

»Michael, ich bitte dich, jetzt hör auf! Vor einem halben Jahr haben wir dich total durchgecheckt. Ich habe dir gesagt, dass der Neurologe absolut nichts gefunden hat. Der hat doch sogar ein MRT veranlasst! Du hast keinen Tumor! Verabschiede dich von dieser Idee, du bist fit, allenfalls urlaubsreif! Warst du übrigens jetzt endlich mal im Urlaub, vielleicht Wellness, oder so?«

Herr Johannson schüttelte den Kopf.

»Oh, Mann, dann ist es ja kein Wunder, wenn du seit Monaten abgespannt bist! Dein Laden wird schon nicht gleich Pleite gehen ...«

Bei dem Wort ›Pleite‹ hatte das Herz von Herrn Johannson einen kurzen Aussetzer, verwundert spürte er, wie ihm das Blut zu Kopf stieg, er musste endlich mit Börnsen sprechen, das duldete jetzt keinen Aufschub mehr. Er wusste gar nicht mehr, was im Büro ablief.

Karl redete unterdessen einfach weiter:

»Jetzt meldest du dich in deinem Büro für mindestens vier Wochen ab und fliegst nach Lanzarote! Weihnachten und Silvester dort, Annette wird sich freuen und du kommst endlich auf andere Gedanken!«

»Ich fliege nicht mehr nach Lanzarote.«

Karl sah auf:

»Es ist also doch etwas mit Annette?«

»Ja, nein …, ich weiß nicht, wir haben uns vielleicht, wie man so schön sagt, auseinandergelebt, aber das ist es nicht.«

»Wenn es mit Annette nicht mehr so läuft, ich meine, weshalb schaffst du dir keine Freundin an, und dann fährst du mit der irgendwo hin, wo's schön ist? Du bist doch im besten Alter, ich meine, versteh' mich nicht falsch, vielleicht ist es ja das, was dir fehlt …«

Herr Johannson dachte an Melanie-Verona und an Börnsen.

»Nein, es ist … anders, das mit dem Verreisen ist schwierig, weißt du? Warst du schon mal auf Capri?«

»Nein, wieso, willst du nach Capri?«

»Nein, eben nicht. Ich war vor dreißig Jahren dort, aber jetzt ist es zu spät. Ich wollte immer mal wieder hin, aber noch ein Mal nach Capri, ein letztes Mal vielleicht? Capri sehen und sterben? Das geht nicht. Ich will keine Abschiedstournee.«

»Was redest du? Du bist nicht ernsthaft erkrankt, du kannst noch hundertmal nach Capri und nach Lanzarote und wo immer du hinwillst fahren! Du steigerst dich da in etwas hinein!«

»Ich bin dreiundsechzig und ich werde nicht noch hundertmal irgendwo hinfahren. Karl, so lange hält man das Leben für vorläufig … und eines Tages … ist es schon gelebt.«

»Mein Gott, Michael, ich verstehe dich nicht. Mach, was du willst, aber glaub mir, wenn du nicht mal ausspannst, wirst du irgendwann ein Fall für den Psychiater.«

Herr Johannson erinnerte sich an das Angebot des chirurgischen Oberarztes. Ein Psychiater. Es schien ihm nicht mehr ganz so abwegig wie noch im Sommer.

Dafür hätte Karl sicher kein Verständnis. Es war ja auch nicht so, dass ihm der Hirntumor Angst gemacht hätte. Er wusste nur einfach, dass er da war. Dass er ihm die Sprache nahm, den einzigen Kontakt, den man zu anderen Menschen hat. Dass er ihm die Gedanken nahm ... und die Gefühle. Er litt nicht wirklich darunter, es war ein ›Ist-Zustand‹.

Genau genommen wusste er gar nicht mehr, weshalb er heute Karl in der Praxis aufgesucht hatte.

»Ich gehe dann mal, deine anderen Patienten warten schon viel zu lang.«

Karl widersprach ihm nicht.

Reisebüro

Das Reisebüro lag schräg gegenüber vom Afrikahaus. Herr Johannson war im Laufe seines Lebens unzählige Male daran vorbeigekommen. Heute ging er durch die Drehtür, vorbei an den Plakaten von Weihnachten im Schnee, Last Minute und Ständen mit bunten Flyern. Es war viel Betrieb, aber er hatte telefonisch einen Termin ausgemacht. Ein junges Mädchen am Empfang deutete auf eine Kollegin, die ihn offensichtlich schon erwartete.

Das Namensschild der Dame wies sie als Frau Adjouma-Hellberg aus. Sie hatte hennagefärbtes, rötliches, kurzes Haar, wodurch sie etwas blass wirkte. Herr Johannson nahm in dem komfortablen Sessel vor ihrem Schreibtisch Platz und überlegte, ob sie mit einem Afrikaner verheiratet war, stellte sich vor, wie sie dem afrikanischen Schwiegervater und Dorfältesten unter einem Schatten spendenden Baum vorgestellt wird und ihm klarmacht, was es mit deutschen Doppelnamen auf sich hat ...

Die Dame räusperte sich, offensichtlich fragte sie schon zum zweiten Mal:

»Was kann ich für Sie tun?«

»Oh ja«, Herr Johannson versuchte, sich auf sein Anliegen zu konzentrieren, »das ist nicht so einfach...«.

Er hätte sich vorher überlegen sollen, was er sagen wollte, wie bei einem Kundentermin, wie dumm, wieder hatte er keinen Zettel, jetzt war sein Kopf leer.

»Also, das ist so, mein Hausarzt meint, ja er meint, ich müsste mal ausspannen ...«

Er hörte sich reden und fühlte, dass alles falsch war.

»Ich möchte verreisen.«

Frau Adjouma-Hellberg sah ihn etwas irritiert, dann mitleidig an.

»Haben Sie schon ein Ziel? Was haben Sie sich in etwa vorgestellt? Reisen Sie mit Familie?«

»Es müsste etwas Besonderes, Ungewöhnliches sein, ein Ort, von dem ich bisher nicht gedacht habe, überhaupt hinzuwollen, nicht Capri, verstehen Sie, was ich meine?«

Frau Adjouma-Hellberg verschlug es einen Moment lang die Sprache. Ihr Blick schien ins Leere abzudriften. Dann fing sie sich wieder.

»Capri ist doch sehr schön, aber wir haben natürlich alle Möglichkeiten. Wann soll die Reise denn losgehen?«

»Oh..., bald, und eben an einen Ort, an den ich vorher noch nicht gedacht habe. Neu, anders, zum allerersten Mal ...«

Frau Adjouma-Hellberg atmete tief.

»Welches Klima bevorzugen Sie? Wenn es nicht Capri sein soll, wie wäre es mit einer Kreuzfahrt in die Antarktis oder Norwegen?«

»Nein, sicher keine Kreuzfahrt, nicht so viele Leute. Und Antarktis? Nein, ich glaube, ich hätte schon gern Wärme.«

So ging es eine Weile hin und her. Frau Adjouma-Hellberg fragte nach seinen Hobbys, seiner Familie, seinen Vorlieben für Landschaften, Völker, Sprachen, gutes Essen und nach seinen finanziellen Vorstellungen. Herr Johannson fand es anstrengend.

Schließlich hatte sich herauskristallisiert, dass Herr Johannson in eine größere oder kleinere Stadt mit warmem Klima reisen wollte, wobei es weniger auf die touristischen Attraktionen als vielmehr darauf ankam, dass er mit dem Ort nichts verband.

Frau Adjouma-Hellberg suchte Prospekte heraus: von Kingston auf Jamaica, Montevideo in Uruguay, Windhuk in Namibia, Samarkand in Usbekistan, Raipur in Indien und Kyoto in Japan.

Herr Johannson blätterte.

Frau Adjouma-Hellberg sagte: »Schauen Sie sich alles in Ruhe zu Hause an, natürlich gibt es noch viel mehr schöne Ziele. Wenn Sie wiederkommen, können wir gern weitersuchen.«

Herr Johannson überhörte den Rausschmiss und blätterte.

Samarkand. Eine exotische Moschee. Die Seidenstraße.

Er sagte laut: »Samarkand.« Es klang gut.

»In Samarkand kann es im Winter sehr kalt werden. Da sollten Sie vielleicht bis zum Frühjahr warten.«

Fast hörte es sich an, als wollte Frau Adjouma-Hellberg jetzt gar nichts mehr verkaufen. Herr Johannson verspürte Lust, ihr die Kunst des Kundengesprächs zu erläutern.

»Samarkand«, beharrte er, »Ich möchte eine Reise nach Samarkand buchen.«

Da wurde sie wieder lebendiger und begann, die Vorzüge des Reiselandes Usbekistan anzupreisen. Man könne Rundreisen buchen: Taschkent, Buchara, Aralsee; von Taschkent nach Samarkand gebe es einen historischen Reisezug, alles inklusive. Herr Johannson hörte ihr nicht mehr zu, nur einmal horchte er auf, als sie den höchsten Berg Usbekistans erwähnte, 4643 Meter, ein Berg ohne Namen. Bis zum Ende der Sowjetunion hieß er »Berg des 22. Kongresses der kommunistischen Partei«, jetzt sei er namenlos. Herr Johannson war plötzlich wie elektrisiert, aber es gab kein Foto des Berges in den Prospekten von Frau Adjouma-Hellberg und besteigen könne man ihn ihres Wissens nicht so ohne weiteres. Eigentlich wusste sie nichts über den Berg außer dieser kleinen Anekdote mit dem verloren gegangenen Namen.

Sie einigten sich schließlich auf eine reine Städtereise nach Samarkand für eine Person, Hotelübernachtung im Orient Star, dem besten Haus am Platz, Frau Adjouma-Hellberg würde sich um Visa und Flugtickets kümmern, und das alles möglichst noch bis Ende Februar.

Endlich wieder zu Hause, fühlte er sich ausgelaugt und erschöpft. Er lag auf dem weißen Ledersofa. Frau Schmidt war nicht da. Die Gedanken an den Berg ohne Namen ließen ihn nicht los. Eine halbe Stunde später schleppte er sich zum PC und googelte den höchsten Berg Usbekistans. Er fand die Geschichte im Internet wieder, die Frau Adjouma-Hellberg ihm erzählt hatte, dazu verschiedene Angaben über den neuen Namen des Berges, einmal sollte er Hazrat Sulton heißen, dann wieder Adelunga Toga, anderswo hieß es, der Berg sei in Wirklichkeit in Tadschikistan. Bei Google-Maps war er nicht zu finden, welchen Namen er auch eingab, noch weniger fand er heraus, in welcher Distanz er sich zu Samarkand befand. Er war sich sicher, dieser Berg war sein eigentliches Ziel, die letzte große Reise zu einem Berg ohne Namen mit einem sprachefressenden Hirntumor im Kopf, das schien ihm stimmig.

Klingel

Die Haustürklingel. Ein schöner Dreiklang. Sicher für Frau Schmidt. Die Klingel hörte nicht auf. Niemand ging zur Tür. Wo war denn nur Frau Schmidt? War sie krank? Ihren Schlüssel hatte sie in all den Jahren nie vergessen. Oder hatte er sich im Tag geirrt? Er hatte sich angewöhnt, dienstags, mittwochs und freitags am Vormittag zu Hause zu bleiben, immer öfter auch den ganzen Tag. Er sollte sich ja schonen, hatte Karl gesagt, und Börnsen hatte sowieso alles im Griff.

Vor allem aber genoss er es, den Geräuschen von Frau Schmidt zuzuhören. Selten hatte er sich in seinem Leben so geborgen gefühlt und so wunschlos. Genau genommen fuhr er nur deswegen nicht mehr ins Büro, um Frau Schmidt zuhören zu können.

In letzter Zeit hatte er Mühe, sich auf den korrekten Wochentag zu besinnen. Er klappte das Handy auf, aber nichts leuchtete, hatte er wohl länger nicht mehr aufgeladen.

Die Haustürklingel, jetzt wütender, ein schnelles Ding-Dang.

Herr Johannson brauchte eine Weile, sich in seine Haut einzufinden. Erst war es nur die Sprache gewesen, mittlerweile waren auch die Bewegungen nicht mehr sicher kontrollierbar. Hausschuhe, Morgenmantel. Herr Johannson erhob sich mühsam und schlurfte die Treppe hinunter bis ins Gäste-WC neben der Haustür. Durch die Gardinen sah er Melanie, in der einen Hand eine große Unterschriftenmappe, die andere Hand flach auf der Klingel. Ihr Engelsgesicht war leicht gerötet, der Wind zerrte an ihren Haaren. Schön wie immer. Der Geruch von Frau Schmidts WC-Frische irritierte ihn. Er passte nicht zu Melanies Haaren. Er beobachtete sie einen Moment, aber es war klar, dass er sich nicht in der Lage fühlte, sie zu empfangen. Small Talk mit dem kalten Lächeln von Börnsen im Hinterkopf? Nein. Und dann die Mappe, das sah nach Arbeit aus. Warum ging sie nicht zu Börnsen? Er hatte ihm doch eine Generalvollmacht gegeben? Selbst Schuld, wenn sie umsonst hier herausgefahren war! Herr Johannson schüttelte unwillig den Kopf. Noch hatte sie ihn anscheinend nicht gesehen. Er ging vorsichtshalber einen Schritt zurück, setzte sich auf den geschlossenen Toilettendeckel und umfasste mit den Händen seine Ohren, um das Geräusch der Klingel zu dämpfen, die Ellbogen auf die Knie gestützt. Das Warten nützte. Das Klingeln hörte auf. Herr Johannson atmete tief ein und aus. Er blieb lange genug sitzen, um sicher zu sein, dass sie nicht versuchte, ihn aus der Reserve zu locken. Als er sich vom Toilettensitz erhob, war sein rechter Fuß eingeschlafen, die Knie wollten sich nicht gerade durchdrücken lassen. Herr Johannson blickte in halb gebeugter Haltung nach oben und sah den Mann im Spiegel. Er war unrasiert, die Haare schienen weiter zurückgewichen als beim letzten Mal, das Grau an den Schläfen hatte mehr Raum gegriffen. Die Augen hatten sich verändert. Sie waren fragend, wo vorher Entschlossenheit gewesen war. Also genau genommen nicht die Augen hatten sich verändert, sondern der Blick. Herr Johannson straffte sich im Rücken, versuchte, dem Mann im Spiegel einen entschlossenen Ausdruck zu verleihen – es gelang nicht. Er sah nur die Leere hinter den schwarzen Pupillen.

Er zuckte mit den Schultern und schlurfte in die Küche, wo er auf dem Tisch einen Zettel von Frau Schmidt vorfand.

»Erbsensuppe steht auf dem Herd, brauchen Sie nur warmzumachen! Nur zur Erinnerung, ich kann am Freitag nicht kommen, weil meine Tochter heiratet! Hatte ich Ihnen aber schon gesagt!«

Er hatte keinen Appetit.

Im Wohnzimmer blinkte der Anrufbeantworter. Er drückte die Taste, um das Blinken zu beenden.

Börnsen, der hatte gerade noch gefehlt!

»Hallo, Herr Johannson, was ist mit Ihnen? Sind Sie krank? Bitte melden Sie sich ganz dringend! Sie müssen die Unterlagen von der Bank unterschreiben! Ich habe doch keine Vollmacht für eine Kreditnahme! Es ist dringend, Herr Johannson! ...«

Herr Johannson zog den Stecker des Anrufbeantworters aus der Buchse.

Samarkand

Vier Tage später hörte er früh, dass Frau Schmidt das Haus betrat. Erleichtert konstatierte er, dass es sich heute um den richtigen Tag handelte, um im Bett zu bleiben.

Herr Johannson schloss die Augen wieder, damit er die Möbel nicht sehen musste. Bei der Auswahl der Möbel im Schlafzimmer war ihm Annette damals mit der Farbe weiß entgegen gekommen, aber dann hatte sie alles schwedisch gestylt. Pastelltöne, karierte Kissen, eine rustikale Truhe, gehobenes Ikea. Wenn Annette nicht wiederkam, würde er Frau Schmidt bitten, die Gardinen und die überzähligen Kissen zu entfernen.

Er setzte sich im Bett auf und zog das Notebook zu sich herüber. Es lag jetzt immer im Schlafzimmer auf Annettes unberührtem Bett. Mit W-LAN surfte er durch die medizinischen Seiten des Internets. Er lernte, dass bei Schädigungen des Gehirns durch einen Tumor zum Beispiel bei einer Lokalisation im Sprachzentrum häufig benachbarte Strukturen in Mitleidenschaft gezogen werden. Die Betroffenen haben außer Sprachstörungen auch Probleme mit dem Lesen oder Schreiben. Oder eine Agnosie, sie erkennen einfachste Gegenstände nicht mehr. Herr Johannson stellte sich vor, wie er eine Tomate in der Hand hätte und sie für eine exotische, völlig unbekannte Frucht hielt. (Würde man sie am Geruch erkennen? Darüber fand er nichts im Internet.) Aber welche Entdeckungen warteten da! Erforschen, selbst und zum allerersten Mal, wie ein Dosenöffner funktioniert oder ein Fernsehapparat! Den Dingen neue, passendere Namen geben! Er hatte dergleichen Störungen bisher nicht an sich festgestellt, aber er fand die Idee interessant, faszinierend geradezu. Vielleicht würde ihn so eine Störung vielmehr dahin bringen, dass die meisten Gegenstände ihre Bedeutung verlören. Handys, elektrische Mixer, Fernbedienungen, Spraydosen mit Deo, Imprägniermittel oder Schlagsahne, Einstecktücher für Anzugtaschen und Krawattennadeln – die Versklavung des Menschen durch die Gegenstände. Wenn man nicht wüsste, was eine Gabel oder eine

Zahnbürste wäre, vermutlich würde man sie dann gar nicht mehr benutzen.

Über die Alexie, das nicht mehr Lesen können, erfuhr er, dass sich die Buchstaben nicht als Ganzes verabschieden, sondern sich nur verfremden: unsinnige Buchstabenzusammenballungen, veränderte Zeichen, kyrillisch und doch nicht kyrillisch, einfach anders, nie gesehen.

Herr Johannson tippte ›Globalaphasie‹ ein, das sollte Sprachverlust sein. Er war gespannt, ob das Denken ohne Sprache funktionieren kann. Dabei sah er auf seine Finger. So viele Falten. Er spannte die Muskulatur an, ohne die Finger zu bewegen. Die Faltenbildung nahm zu. Er meinte sich zu erinnern, dass seine Hände vor Kurzem noch (auf Melanies bronzener Haut) von einem angenehmen hellen Braun gewesen waren. Jetzt waren sie rötlich und bläulich gefleckt. Die Fingernägel müssten gelegentlich gekürzt werden. Die Hände zitterten leicht, als er das Notebook von sich wegschob. Er ließ sie unter der Bettdecke verschwinden und schloss die Augen. Er hörte Frau Schmidt unten in der Küche und stellte sich mit geschlossenen Augen vor, was sie gerade tat. Sie stellte Teller aufeinander, Schranktüren klappten auf und zu, sie öffnete ein Fenster, die Musik aus dem Küchenradio konnte man nur erahnen. Schließlich zog er die rechte Hand wieder unter der Decke hervor und griff nach dem kleinen Reiseführer über Usbekistan, der schon einige Knicke aufwies, so oft hatte er darin geblättert. Er versuchte, auf den Fotos die Schriftzeichen an den Wänden der alten Moscheen zu entziffern, zufrieden damit, es nicht zu können. Die Texte unter den Fotos jedoch blieben deutsch, die Schriftzeichen lateinisch ... noch.

Herr Johannson ließ seine Gedanken zwischen Frau Schmidt und Samarkand hin- und herwandern. Frau Schmidt stammte aus Kirgisien. Samarkand in Usbekistan. Das Klirren der Gläser aus der Spülmaschine mischte sich mit den Geräuschen des Basars. Der Muezzin rief aus dem Küchenradio. Die Kamelkarawane brachte die Gewürze für das Mittagessen. Herr Johannson blätterte.

Das Observatorium von Ulug Beg, dem Sohn des Tamerlan, erbaut 1428. Seine Astronomen Al Kashi und Qadi Zada bestimmten die Länge eines Jahres auf genau dreihundertfünfundsechzig Tage, fünf Stunden, zehn Minuten und acht Sekunden, was eine Abweichung von achtundfünfzig Sekunden mit dem heute gemessenen Wert bedeutet.

Die abgebildeten Moscheen hießen Bibi Khanum und Hazreti Hizir. Er starrte auf die blauen Kacheln an den Wänden. Übersät mit Ornamenten, Mäandern, ineinander verschlungene Endloswege. Das war es, ein Abbild der Wege, die das Glioblastom in seinem Gehirn nahm. Die Gedanken wurden wortlos, Spiralen, Bögen, Kurven, die in sich selbst zurückführten. Sprachstörung, Aphasie, Störung des Sprachverständnisses und der Sprachproduktion. Schon lange schien es ihm, dass die Wörter, die aus seinem Hirn nach draußen gedrungen waren, sinnentleert, gedankenfern gewesen waren, nur Floskeln, Hülsen, sinnlose Fassade. Und niemand außer ihm selbst bemerkte, dass sich seine Sprache längst von seinem Ich abgekoppelt hatte. Vermutlich aber war es nicht nur der Hirntumor, der diese Erkenntnis brachte. Herr Johannson kam zu dem Schluss, dass vielmehr das Erreichen eines bestimmten Alters dazu führte, dass ihm diese Inkongruenz endlich klar wurde. Die Einsicht, dass die Einheit von Sprache und Denken, die er lange Zeit verspürt und für selbstverständlich erachtet hatte, schon immer eine Illusion gewesen war. Die Wörter waren auch früher nur eine Annäherung gewesen. Man nimmt es hin, weil einem als Kind kein anderes Werkzeug zur Verfügung gestellt wird, sich auszudrücken. Man richtet sich in der Sprache ein, so gut es geht, und irgendwann vergisst man, dass alles falsch ist.

Charlotte hatte in der Zeit ihrer Demenz die Gewohnheit angenommen, Wörter zu erfinden: ›Fertigzillozin‹ oder ›Schreibverständnislücke‹, besonders gern sagte sie die Silbe ›Beo‹. Zum Beispiel, wenn er im Park mit ihr spazieren ging: ›Beobäume‹, ›Beosonne‹, ›Beorosen‹ und so weiter.

Herrn Johannson war das damals peinlich gewesen, besonders, wenn seine Mutter dann lachte und ein Wort mit einer weiteren Veränderung zu korrigieren versuchte: »Gelbe Orosen, nein, Beorosen«. Jetzt glaubte er, dass Charlotte ihm damals etwas erklären wollte: Kommunikation ist nur ein schöner Schein, eine Seifenblase, die bei der geringsten Belastung zerplatzt. Die Farben der Seifenblasen sind schillernd, faszinierend und immer wieder anders, aber darauf kommt es nicht an. Er hatte es verpasst, sie durch die Seifenblase hindurch zu verstehen. Er hatte es verpasst, bei Charlotte und bei allen anderen.

Die Sprache der Seifenblasen entfernte sich lautlos aus seinem Kopf und wurde ersetzt durch die bunten Mosaiksteinchen aus Samarkand, dieser fernen Stadt, die einst der Spiegel der Welt genannt worden war. Der Registan mit den Medressen Ulugbek, Sherdor und Tillakori, Gur-Emir, das Grab des Tamerlan, die Nekropole Shohizinda mit über zehn Meter hohen Mausoleen, eine Stadt der Toten und des lebenden toten Königs Qusam Ibn Abbas, der mit seinem Kopf unter dem Arm selbst in sein Grab hinabstieg. Herr Johannson stand auf der Gasse, die zum Mausoleum des toten lebenden Königs hinaufführte. Alles kam ihm vertraut vor, lange vermisst und endlich wiedergefunden. Die Februarsonne malte scharfe Konturen, im Schatten Grabeskühle, im Licht eine Ahnung von der brennenden Hitze des Sommers. Das Blau der Fayencen konkurrierte mit dem Blau des Himmels und gewann. Die Ornamente, jetzt sah er, dass es nicht nur mäandernde Endlosigkeit war, sondern Schrift, auf vielen Kacheln Schriftzeichen, verschlungen, unentzifferbar, fremd und unendlich beruhigend. Persisch, arabisch, indisch, die Schrift des Tamerlan? Er ließ die Hand über die blauen Kacheln gleiten und schrieb mit dem Mittelfinger die Schriftzeichen nach. Die Kühle der Kacheln drang tief in seine Hand ein, lähmte sie, während die Frühlingssonne mit hartem Licht auf seinen Schultern brannte. Die Hitze der Sonne und die Kühle der Kacheln trafen sich in seinem Kopf und kämpften in den leeren Hirnwindungen, bis das Glioblastom alles aufsaugte. Die Gräber von Tuglu Tekin, Amir Sade, Shadi Mulk Aga, Shirinbeka Oqa, Usta Ali Nasaf, Amir Burunduk, Tuman Oqa, Xo'ja Ahmad. Diese betörenden Wörter blieben stehen, wohlwollend eingebaut in die neuen Netze des Tumors. Bibi Xanom, Hazrat Hyzr, Amurdaja, ... der Berg ohne Namen, Hazrat Sulton oder Adelunga Toga?

Mit oder ohne Namen ...

Auf der schwedischen Truhe vor dem Fenster im Schlafzimmer lag seit Wochen ein Umschlag vom Reisebüro. Mit den Antragsformularen von der usbekischen Botschaft für ein Visum.

Monika Buschey
Schillers Weste
144 Seiten
12,80 EUR [D]
ISBN 978-3-89733-271-3

Leseprobe

Nadine d'Arachart | Sarah Wedler
**Linie 14
letzte Reihe
ich**
120 Seiten
9,90 EUR [D]
ISBN 978-3-89733-282-9

Leseprobe

Anja Liedtke
**Reise durch
amerikanische Betten**
Roman

150 Seiten
15,80 EUR [D]
ISBN 978-3-89733-286-7

Leseprobe

Birger Ludwig
Nacht der Sonne
Roman

402 Seiten
19,80 EUR [D]
ISBN 978-3-89733-269-0

Leseprobe

Werner Streletz
Rohbau
Roman

339 Seiten
14,90 EUR [D]
ISBN 978-3-89733-270-6

Leseprobe